아무튼, 언니

아무튼, 언니

원도

제철소

차례

다시 만난 세계

한 마리의 가자미처럼 살았다. 바다 아래에 납작하게 엎드려 여기가 바닥이라는 사실을 인지하지 못한 채 한쪽으로 쏠린 눈을 게슴츠레 뜨고서 그저 살아지니까 살았다. 지겹게도 매일 떠지는 눈을 끔벅거리며 희미하게 보이는 길을 따라 걸었다. 이사 한 번 하지 않고 내내 한곳에서 살았지만 동네 맛집이 어디인지, 이쪽 골목 끝은 어느 갈림길과 연결되어 있는지 그 무엇에도 관심두지 않은 채 납작하게 살았다. 초등학교 6년, 중학교 3년, 고등학교 3년을 모두 개근으로 마무리하며 학교와 집만 오갔을 뿐 다른 길로 빠져본 적도 없다. 버스조차 맨날 타는 것만 탔다. 목적지로 가는 다양한 방법과 노선이 있었지만 아는 것만 탔다. 타본 적 없는 것, 해본 적 없는 일, 먹어본 적 없는 음식은 평생 타볼 일, 해볼 일, 먹어볼 일 없이 살았다.

나보다 여섯 살 많은 오빠는 뇌병변 1급 장애인이다. 1960년대 당시 머슴을 여럿 기느티고 사가용까지 몰던 멋쟁이 할아버지의 귀한 막내딸, 그러니까 우리 엄마는 아빠와 결혼해 팔자에도 없는 시집살이를 시작했다. 만삭의 몸으로 노동에 시달리던 엄마는 결국 임신 7개월 만에 조산하게 되었고, 오빠는 세상에 나오자마자 인큐베이터 안으로 들어갔다. 설상가상 병원 과실로 인큐베이터에 산소 공급이 제때 이루어지지 않아 오빠의 뇌 일부가 망가지면서 뇌병변 1급이라는 영구 장애를 얻고 말았다. 어쩌면 그때 우리 다섯 가족의 앞날이 송두리째 바뀌었는지도 모르겠다.

자라면서 부모님에게 가장 많이 들었던 말이 있다. "오빠 때문에 너를 낳았다." 그 말은 마치 '오빠의 간병을 시킬 목적으로 낳았다'처럼 들렸고, 또 그게 사실이었다. 실제로 엄마는 당시 오빠의 재활 치료를 위해 다니던 재활원에서 임신 계획을 세웠다. 재활원에서 만난 같은 처지의 엄마들 사이에 '장애를 가진 아이만 바라보고 살기엔 너무 힘들다, 동생을 하나 만들자'는 의견이 모아졌는데, 얼마 지나지 않아 '장애를 가진 아이 하나만 제대로 돌보기도 힘든데 무슨 동생이냐, 그리고 동생도 장애를 가지고 태어나면 어쩌냐'는 반대파와 '살아가는 데 또 다른 희망이 필요하다, 동생을 낳는 것밖에 답이 없다'는 찬성파로 나뉘었고, 나의 엄마는 찬성파에 선 것이다. 그렇게 태어난 나는 기계처럼 살았다. 오빠의 수발을 들라고 하면 들었고, 대소변을 치우라고 하면 치웠다. 어디 가서 장애인 누구의 동생이라 소개될 때도 아무 말 못 했다. 어느새 나의 이름은 지워졌다. 나는 나 자신이 아니라 '장애인 오빠의 동생'이라는 꼬리표를 달기 위해 설계된 목숨 같았다. 오빠와 다투기라도 하면 부모님은 오빠 덕분에 태어난 주제에 왜 대드냐며 무조건 잘하라고 나만 다그쳤다. 그런 부모님에게 질릴 대로 질렸지만 반박할 생각도 못 한 게 존재감 없이 그림자처럼 살았다. 내성발톱같이 안으로 아프게 파고드는 내향적인 성격은 중학교 때 당한 학교폭력 이후 나를 송두리째 흔들었다. 당시의 학교폭력이 발생한 데에 그렇다 할 원인은 없었다. 설령 원인이 있었다 하더라도 폭력은 정당화될 수 없는 문제다. 그저 가족끼리 대형마트에 갔던 날 오빠의 휠체어를 밀다가 학교 친구와 마주쳤고, 짧은 인사를 나눈 뒤 돌아섰다. 그런데 다음 날 학교에 가니 장애인 동생이라는 소문이 나 있었다. 단지 그뿐이다. 재앙은 언제나 은밀하고 신속하게 다가온다.

이런 가정환경으로 인해 가족끼리 밖에 나가는 일이 점차 어려워졌다. 길거리든 식당이든 타인들의 시선이 오빠와 함께 있는 우리에게 집중되었고, 이에 염증을 느낀 오빠가 어느 순간부터 외출을 거부했기 때문이다. 비단 오빠 때문만은 아니었다. 부모님에게도 그럴 여유는 없었다. 아빠는 하루하루 자기 사업을 꾸리며 돈을 버느라, 엄마는 오빠를 입고 좋다는 병원을 찾아 전국을 돌아다니느라 바빴다. 그사이 나는 방구석에 찬밥처럼 놓여 딱딱하게 굳어 갈 뿐이었다. 그 누구를 탓할 수도 없는 고통이 지속되었다.

그렇게 특별한 음식도 좋은 풍경도 마주할 일 없이 원통에 갇힌 쥐처럼 방 안에서 곰팡이 핀 벽만 긁던 내가 스물세 살에 경찰이라는 조직에 입직한 뒤 완전히 달라졌다. 늘 희부옇기만 했던 눈앞이 환해졌다. 경찰공무원 시험에 최종 합격하면 충청북도 충주에 위치한 중앙경찰학교에서 약 6개월간의 합숙 훈련을 받아야 한다. 처음으로 집을 떠나는 이가 가질 법한 두려움과 그 못지않은 설렘을 양손에 꽉 쥐고 입교한 닐, 한자리에 모인 신임 여경들에게 선배 여경인 지도관님이 말했다. "너희끼리 이 자리에 모여 있으니 여경 되게 많아 보이지? 나중에 전국으로 흩어지면 옆에 아무도 없다. 지금 이 순간이 너희 주위에 여경이 제일 많을 때야." 맞는 말이었다. 남성의 비율이 90퍼센트 가까이 차지하는 조직에서 같은 꿈을 가진 여성들과 한 공간에 모여 장기간 합숙 훈련을 받는 일은 그동안 엉망진창이던 나의 세상이 둘로 쪼개지는 것처럼 강렬한 전환점이 되어주었다.

입교 첫날, 강당에 모인 우리는 한 명씩 앞으로 나가 지금껏 살아온 이야기를 짧게나마 나누었다. 고등학교를 졸업하고 바로 들어온 사람, 명문대를 다니다 온 사람, 중소기업을 전전하다 온 사람, 아기 엄마, 소녀 가장, 단편영화 감독, 국가대표 운동선수 등 다양한 사연을 가진 여성들이 자기 이야기를 수줍게 그러나 거침없이 쏟아냈다. 한 명씩 발표를 마칠 때마다 박수갈채가 터져 나왔다. 그들의 이야기를 들으며 여성도 저렇게 다채롭게 살 수 있다는 것을 처음 알았다. 고향도, 나이도, 경력도, 성격도 모두 제각각인 여성들이 경찰 동기라는 이유 하나로 똘똘 뭉치는 모습은 얼마나 큰 울림을 주던지! '개인'이던 여성이 하나의 공통점으로 '우리'가 되자 세계는 걷잡을 수 없는 속도로 팽창하기 시작했다.

입교 당시 나는 비교적 어린 편에 속해서 동기 대부분이 언니였다. 저마다 다른 이야기를 품은 언니들은 가진 색깔도 다 달랐다. 그들 한 명 한 명이 무채색이던 나에게 각자의 고유한 색을 입혀주었다. 언니들은 아픈 오빠를 둔 동생이 아니라 있는 그대로의 나를 받아들였다. 따뜻한 목소리로 내 이름을 불러주었다. 나는 그들에게서 신파 없이 서로의 고통을 담담하게 대화로 풀어내는 법을 배웠다. 눈물을 동반하지 않고도 상처를 드러내는 법과 눈물을 보일 땐 부끄러움 없이 펑펑 울며 기대는 법을, 시기나 질투 없이 진심으로 누군가를 축하하는 법을, 과거와 미래에 얽매이지 않고 오롯이 현재를 누리는 법을 배웠다. 그 과정에서 나 자신이 누군가를 부양하기 위해 만들어진 존재가 아니라 마음 내키는 대로 살 권리가 있는 하나의 생명이라는 걸 깨우쳤다. 어둠이 짙게 내린 길에 가로등이 하나둘 켜지기 시작하는 느낌이었다.

중앙경찰학교에서 알게 된 언니들은 나의 조력자이자 구원자가 되었다. 졸업 후에는 전국으로 흩어져 있는 언니들을 만나러 다녔다. 어느 날은 서울로, 어느 날은 목포로, 부천으로, 음성으로, 대전으로… 생의 울타리를 한 칸씩 늘려갔다. 세상에는 오징어국, 미역국, 된장국, 계란국 말고도 다양한 요리가 있다는 걸 알게 됐다. 삼겹살 말고도 맛있는 고기 부위가 얼마나 많은지, 그것을 요리하는 방법도 셀 수 없이 많다는 걸 알게 됐다. 특히 서울에 자주 갔다. 월급의 30퍼센트 이상을 서울행 교통비와 숙박비로 사용했다. 서울청 동기 언니들의 도움이 없었다면 꿈도 꾸지 못했을 일이다. 이문세의 〈광화문 연가〉 중 "덕수궁 돌담길에 아직 남아 있어요"라는 노랫말을 덕수궁 돌담길이 어디 있는지 이렇게 생겨먹은 건지 모르고 듣는 것과 언니가 추천한 맛집에서 산 와플을 들고 돌담길을 걸으며 듣는 것은 감히 비교할 수 없을 만큼 차원이 다른 감흥을 주었다. 그렇게 돌담길을 걷다가 결국 크라잉넛의 〈명동콜링〉을 들으며 벤치에 앉아 울었다. 너무 좋아서 운다는 말을 난생처음 이해했다.

언니의 손을 잡고 여의도에 갔던 날 내 표정은 어땠을까. TV 뉴스에서 '여의도 면적의 몇 배'란 이야기는 수두 없이 들었으나 그 크기를 가늠조차 알 수 없던 내가 드디어 여의도에 입성한 것이다! 이름에 '도'가 붙어 제주도처럼 쉽게 접근하기 힘든 장소인 줄로만 알았는데 실상은 아니었다. 언니가 미리 말해주지 않았다면 여권까지 챙겼을지도 모른다.

여의도에서 학교를 나왔다는 언니의 말은 같은 모국어임에도 전혀 이해되지 않는 문장이었다. 여의도에서 학교를? 여기에 학교가 있긴 한가? 아니, 애초에 학생 주제에 여의도 출입이 가능하긴 한 거야? 멍청하게 놀라는 나에게 언니는 많은 이야기를 해줬다. 여의도에 위치한 이름도 처음 들어보는 기업의 초봉, 여의도 한강공원의 숨은 명당, 새로 생긴 쇼핑몰에 대한 평가 같은 것들. 언니가 나를 위해 예약해둔 여의도의 한 호텔 침대 위에 누워 잠을 청하면서도 잠깐 울었던 것 같다. 이 언니가 나에게 서울이라는 '도시'를 보여주기 위해 노력했다면, 서울의 '젊음'에 나를 강제로 승차시키기 위해 부단히 노력했던 언니도 있었다. 내가 서울을 방문할 때마다 홍대, 신촌, 이태원 등 젊은이들이 붐비는 곳에 끌고 다니며 네 나이를 마음껏 누리라고 스파르타식으로 가르쳤다. 분위기 좋은 술집에서 잔을 기울이며, 젊음의 거리라 불리는 곳을 걸어 다니며 얼마나 많은 속내를 털어놓았던가. 쌀쌀한 밤바람에 감기 드는 줄도 모르고 청계천을 걸으며 나눈 우리의 이야기는 나를 살아 있게 만들었다.

어디에든 언니들이 있었다. 이태원에 가면 이태

원에서 일하는 언니가 근무 시간에 후다닥 뛰어나와 내 손에 커피 한 잔이라도 쥐여주고 돌아갔다. 서대문에 가면 짬뽕을 사 먹이고 집에서 재워주던 언니가 있었고, 강남에 가면 강남이라는 도시의 이면을 진지하게 설명해주던 언니가 있었으며, 종로에 가면 광장시장에서 뭐라도 먹인 뒤 숙소까지 태워주는 언니가 있었다. 그들 덕에 나는 나의 세계를 온전히 마주하게 됐다. 언니들이 아니었으면 결코 만나지 못했을 나의 세계를 이제야 만나게 된 것이다.

태어날 때부터 납작한 가자미였던 나는 아직도 가자미다. 하지만 그냥 가자미가 아니다. 지금 여기보다 넓은 바다가 있다는 걸 알게 된 뒤로 마음껏 바닷속을 누빌 수 있는 존재가 되었다. 눈이 한쪽으로 쏠려도 고개를 바삐 돌려가며 여러 방향을 보면 그만이다. 이제 나는 혼자가 아니다. 언니들이 옆에 있다. 다정히 내 이름을 불러줄 그들이 있다. 언니와 함께 달빛이 맞닿은 해변에서 마음껏 수영하고 싶다. 내가 집영을 하든 개헤엄을 치는 아무도 신경 쓰지 않는 곳에서. 달빛이 반사된 물비늘이 우리의 웃음을 환하게 밝혀줄 것이다. 고막이 찢어질 듯 시끄러운 록페스티벌에 가서 엉거주춤 몸을 흔들고 싶다. 뭐든 어색하게 만드는 재주가 있는 나는 축제 현장에서 야광봉을 들고 뛰는 것도 어색하게 보이겠지. 그런 내 모습을 언니가 보고 웃어주면 좋겠다. 언니들 앞에서라면 나는 마냥 철부지가 되어도 괜찮다. 아무튼, 언니만 있으면 된다. 함께 숨 쉬는 한 나자신을 더 괜찮은 사람으로, 쓸모 있는 구성원으로서고 싶게 만드는, 주어진 생을 최대한 멋지게 살아내기 위해 노력하고픈 마음이 솟구치게 하는 언니들은 진정 나의 구원자다.

다시 만난 이 세계를 나는 절대로 놓치지 않을테다.

마뉴팍투라 군단

"언니, 도저히 못 참겠어요. 우리 제발 어디로든 떠나요!"

"맞아요. 사무실만 아니라면 모텔에 틀어박혀 오징어를 뜯어도 행복할 것 같아요."

"야, 망할, 신용카드 꺼내."

"그럼 유럽으로 갈까?"

'경찰관'이라는 이름의 직장인이 된 지 2년쯤 지났을 무렵, 나와 언니 세 명이 동시에 외친 비명이다(누가 어떤 대사를 했는지는 이 글을 다 읽고 나면 충분히 맞출 수 있을 것이다). 제발 떠나자. 사무실이 아닌 곳으로! 각자의 소속이 다른 탓에 우리 넷은 단체대화방에서나 겨우 만날 수 있었다. 다들 신입일 때라 눈치가 보여 휴가를 길게 내지 못하는 상황인데도 체코 프라하를 목적지로 정했다. 왜 굳이 그곳이어야 했는지는 지금도 잘 모르겠다. 그저 우리의 목표는 5박 6일이라는 짧은 일정 속에서 최대한 대한민국과 멀어지는 것뿐이었다. 나싸그써 비행기 티켓부터 예매하긴 했으나 출근해서는 회사 일로 눈 코 뜰 새 없었고 퇴근 후엔 지친 삭신을 침대 위로 눕히기 바빴던지라 도무지 여행 계획을 짤 시간이 나지 않았다. 이러다가 정말 두 주먹만 들고 프라하에 도착하겠다는 위기감이 들었고, 간신히 서울 종로에서 만나 그 하루 동안 모든 계획을 짰다. 이 모임의 막내이자, 과장 조금 보태 계획 없이는 화장실조차 가지 않을 만큼 계획 신봉자인 내가 한글 파일로 A4 여섯 장에 달하는 일과표를 작성하면서 체코행은 가시화되었다.

이 모임의 멤버를 나이 순으로 나열해보자면 수홍 언니, 시벨 언니, 대장 언니, 막내인 나. 2400명 가량의 경찰 동기 중에서 마음이 맞는 사람끼리 자연스레 뭉쳤다. 네 명 모두 같은 학급이었는데 나와 시벨 언니가 같은 방, 수홍 언니와 대장 언니가 같은 방을 배정받았다. 교집합이라고는 거의 없는 우리가 어쩌다 마음이 맞았는지 지금도 의문이지만, 세 사람은 내 '언니 추종 인생'의 시작과 끝을 맡고 있다 해도 과언이 아니다.

믿언니인 **수홍** 언니는 정말 멋진 사람이다. 나이가 들면 들수록 누군가를 보고 멋지다고 생각하기가 참 힘든데, 언니만큼은 언제고 우러러볼 수 있는 존재다. 내가 술에 취해 인생을 한탄하면서 테이블을 쾅쾅 두드릴 때도 아무런 동요 없이 현재의 문제

점을 날카롭게 지적하며 개선 방향을 제시해주는가 하면, 윗사람을 공경하고 아랫사람을 존중하는 유교걸다운 면모도 갖추었고, 경찰로서의 확고한 신념이 있어 내가 직업에 대해 고민하며 흔들릴 때마다 중심을 잡아주는 존재다. 언니가 이 글을 보면 자기는 전혀 그렇지 않다고 민망해할지도 모르지만, 나에게는 너무도 그런 사람인걸.

둘째인 시벨(물론 본명이 아니다. 그 이유는 뒤에 나온다…) 언니는 무척 예쁜 목소리와 부드러운 서울 말씨로 찰진 욕을 맛깔나게 구사하는 사람이다. 그 특기를 살려 형사팀으로 발령… 난 건 아니지만, 어쨌든 열심히 (욕하며) 일하는 열혈 형사. 중앙경찰학교 교육생 시절부터 유난히 사격을 잘했던 언니는 현재 사격 성적이 최상위권인 경찰관만 취득 가능한 사격마스터 자격도 보유하고 있다. 언젠가 경찰교육기관에서 사격 교수로 일하고 싶다는 언니의 목표가 꼭 이루어지리리 믿는디. 멕주 힌 잔에도 우쭘이 뭔숭이 잉딩이서럼 빨개지는 언니를, 만날 때마다 부스스한 내 머리를 쓰다듬어주는 언니를 정말 격하게 애정한다.

셋째인 대장(대구 장녀의 줄임말) 언니는 한 치 앞을 예상하기 힘든 사람이다. 내 이야기에 집중하는 것 같으면서도 내용을 하나도 기억하지 못하고(언니는 내 반지를 볼 때마다 새로 산 거냐고 물었다. 일곱 번째 만남에서 일곱 번째 같은 질문을 했을 때, 다음부터는 반지를 끼지 말아야겠다고 다짐했다), 흘려버리는 것 같으면서도 사소한 포인트는 굉장히 오래 기억하고 있다. 한참 동안 연락이 없어 뭘 하고 사냐 물으면 식중독으로 입원 중이거나, 언젠가 자신이 살 한옥을 직접 짓겠다는 일념으로 건축을 배우러 주말마다 시골로 내려간다거나, 이십대 초반에는 유심도 없이 혈혈단신으로 한 달 동안 인도에 다녀왔다거나 하는 식이다. 당시까지만 해도 동양인 여자 혼자 인도 장기 배낭여행을 가는 일이 흔치 않아서 기차에 탄 인도 사람이 모두 자신을 신기하게 쳐다봤단다. 언니는 그때의 향수에 겨워 인도 식당에서 음식을 포장했다가 산 지 일주일도 안 된 차 시트에 고스란히 쏟고 말았는데, 아무리 닦아도 향신료 냄새가 빠지지 않아 결국 시트를 새로 갈아야만 했다는 눈물 없인 들을 수 없는 이야기를 망연자실한 표정으로 들려주기도 했다. 언젠가 내가 시트콤 감독이 된다면 꼭 대장 언니를 모티프로 한 작품을 만들겠다는 나름의 계획은 지금까지 유효하다. 언니와 함께 댄스 학원에 등록해 아이돌 춤을 배운 적이 있다. 그런데 언니가 깜짝 놀랄 만큼 춤을 잘 추는 게 아닌가. 분명히 똑같은 레드벨벳의 〈Bad Boy〉를 배웠는데, 나는 밭 매는 보이고 언니는 치명적인 배드 보이였다. 구석으로 밀어붙인 후 이 춤 실력은 어디서 온 거냐고 추궁하자, 언니는 살짝 부끄러워하며 학창 시절 댄스부였다는 싱싱도 못 한 내답을 했다. 심시어 대학에선 밴드부 활동을 했단다. 대구 장녀, 인생을 정말 알차게 살았군요. 그대는 진정 나의 귀인이야.

과거 인터넷 소설에서 자주 등장한 설정을 잠시 빌려 설명해보자면 수홍 언니는 시종일관 차갑고 도통 속을 알 수 없지만 나에게는 한없이 상냥한 전국 서열 1위, 시벨 언니는 쾌활하고 털털하지만 실제로는 여린 마음과 고민을 품고 있는 사랑꾼인 전국 서열 2위, 대장 언니는 과묵하면서도 내가 위험에 빠졌을 땐 언제 어디서든 나타나 살뜰히 챙겨주는 전국 서열 3위 같달까.

경찰 동기로 같은 학급에 배정되지 않았다면 살면서 스쳐 지날 확률도 희박했을 만큼 다른 우리가 함께 프라하행 비행기에 몸을 실은 순간, 나는 인연과 전생의 존재를 진득하게 믿고 싶어졌다. 탑승 전, 대장 언니가 공항버스를 잘못 타는 바람에 왕창 지각을 하는 해프닝으로 계획 신봉자인 내 속을 새까맣게 태워버렸지만, 그런 와중에 수홍 언니와 시벨 언니는 한가롭게 타코벨이나 먹으러 갔다는 오프닝을 맞이했지만. 대장 언니는 이번 여행을 위해 준비했다며 흐뭇한 미소로 라이카 카메라를 꺼냈는데 정작 사용할 줄 몰랐고, 우리는 비행기 안에서 머리를 맞대고 열심히 조작법을 공부했음에도 끝끝내 깨우치지 못했다(언니가 고른 모델은 하필 수동 카메라여서 난이도가 높았다). 실의에 빠진 언니는 결국 귀국하자마자 카메라를 중고로 팔아버렸다는 스포일러도 슬쩍 흘린다(언젠가 꼭 시트콤으로!). 이륙하는 도중 비행기가 난기류를 만났는지 심하게 흔들렸고 난 별안간 죽음을 예감했다. 죽는구나. 이럴 거면 사무실에서 벗어나지 말걸, 일이나 할걸. 이 망할 쇳덩어리 띄우는 게 쉬운 일이 아닌 건 알았지만 꼭 이래야만 했나. 절망에 빠져 허우적대려던 차, 앞좌석에 앉은 수홍 언니와 시벨 언니의 머리통이 보였다. 언니들은 난기류나 비행기의 흔들림 따위 느껴지지도 않는다는 듯, 승무원의 당황하지 말라는 메시지를 진심으로 이행하려는 듯, 너무도 태연히 자동차 게임을 즐기고 있었다. 니가 졌네 내가 이겼네 투닥거리면서. 그걸 보자 두더지게임 마냥 절망감이 쏙 들어갔다. 내 옆자리에선 대장 언니가 라이카 카메라를 집어 던진 다음 숙면에 빠진 채로 널브러져 있었다. 어찌나 깊이 잠들었는지 이 정도의 흔들림으론 그를 깨울 재간이 없어 보였다. 비행기가 공중제비를 돈다고 해도 일어나지 않을 만큼 깊이, 거의 실신이라 봐도 무방한 잠에 빠진 그를 보자 웃음이 나왔다. 겁이 사라졌다. 우리 네 명이 함께하는 날에는 그 어떤 비극도 찾아오지 않을 거라는, 믿음을 넘어 확신을 주는 내 사람들. 이 언니들과 나는 시속 807킬로미터의 속도로 프라하를 향해 날아가고 있구나. 그거면 됐어.

프라하 공항에 내린 순간, 서로를 속속들이 안다고 생각했음에도 수하물과 함께 그 사람의 영혼까지 부친 건가 싶을 정도로 다른 모습을 보게 된다. 수홍 언니는 절대로 택시를 타지 못하게 했다. 여행지에서 택시를 타는 것만큼 바보 같은 짓이 없다는 생각이 언니의 뇌를 지배하고 있는 것 같았다. 공항에서 숙소로 갈 때 탄 택시가 처음이자 마지막 택시인 줄 알았다면 눈을 감고 조금이라도 더 즐기는 거였는데…. 이동 수단으로 트램만을 고집했던 수홍 언니는 스스로의 만행 탓에 기어코 '트램 수홍'이라는 호칭을 얻고야 말았다. 트램 수홍의 진두지휘 아래 5박 6일간의 빡빡한 일정 속에서 트램을 수십 번 갈아타며 정신이 희미해졌는지, 셋째 날 일정을 마치고 숙소로 돌아가는 길에 '시벨'로 시작하는 이름의 역에서 난데없이 시벨 언니가 혼자 하차해버렸다. 사흘 동안 곳곳을 누빈 길이라 절대 헷갈릴 수 없는 경로였는데도 다짜고짜 "여기서 내려야 해!"라며 소리를 지르더니 벨을 누르고 잽싸게 하차한 언니를 말릴 새도 없었다. 바로 문은 닫혔고 트램은 출발했다. 결국 우리는 다음 정거장에서 내려 시벨 언니가 무사히 걸어올 때까지 기다려야만 했다. 아무리 생각해도 자신이 왜 그랬는지 도저히 모르겠다던 그날의 행동으로 그에게도 '시벨'이라는 유서 깊은 체코풍 이름이 수여되었다. 내가 언니의 이름을 불러주었을 때 언니는 나에게로 와서 시벨이 되었다….

이 모임의 이름도 프라하에서 정해졌다. 체코의 유명 화장품 브랜드인 '마뉴팍투라' 매장에서 생산

량의 80퍼센트를 한국인이 구입해 가는 듯한 상품을 (대표적으로 맥주샴푸가 있다) 바리바리 사 들고 돌아다니는 서로의 꼴이 너무 웃겼기 때문이다. 정신없이 쇼핑하느라 저녁때를 놓치고서 영업 중인 식당을 찾아 가로등마저 드문드문 켜진 밤거리를, 가득 든 물건의 무게 탓에 손잡이가 끊어지기 직전인 마뉴팍투라 종이봉투를 이고 진 채 헤매는 우리의 모습이 너무 웃겨서 결국 길거리에 주저앉아 눈물을 흘리며 깔깔거렸던 그날의 행복함을 기억하려고 붙인 이름이다. 한국인다운 쇼핑으로 보다 더 가까워진 우리 마뉴팍투라 군단은 홀연히 영업 중인 이름 모를 식당에 들어가 생애 최고의 윙봉을 먹었다. 사랑하는 언니들과 동유럽의 작은 식당에서 저녁으로 닭고기와 맥주를 먹으며 웃고 떠드는 일 같은 건 비루하기만 했던 내 인생에서 절대 일어나지 않을, 나와는 어울리지 않는 에피소드인 줄 알았다. 이문세의 〈알 수 없는 인생〉이라는 노래 제목이 괜히 있는 게 아니었다. 살아 있길 잘했다. 주지 않아서 다행이나, 죽고 싶던 숱한 날이 떠올랐다 스치듯 사라졌다. 내 방 깊숙한 곳에 처박아둔 오래된 유서가 남의 것처럼 느껴졌다. 처박아둬서 다행이다. 누군가에게 읽히지 않게 내가 버티고 있어서, 그래서 너무나 다행이다. 여기서는 그것만 생각하기로 했다. 아직 프라하에서의 밤이 이틀이나 남아 있으니까.

　우리는 속절없이 흐르는 시간에 떠밀려 결국 한국으로 돌아왔다. 그리고 숨 돌릴 새도 없이 다시 현장에 투입되었다. 당연한 수순이었다. 프라하를 다녀온 일은 마치 하룻밤 꿈처럼 까마득하게 느껴졌고, 격무에 시달리면서 여행을 추억할 여유도 없이 앞만 보고 달렸다. 하지만 모든 게 전과 같진 않았다. 의도하지 않은 고통에 시달릴 때도 무력하게 우는 대신 그 원인을 찾고 해결하기 위해 맞설 수 있었다. 내가 '나'라는 이유 하나만으로 무조건적으로 지지해주는 사람을 적어도 세 명은 알고 있으니까 당당히 그럴 수 있었다. 네 명의 물건을 한꺼번에 넣어놓은 물품보관함 열쇠를 잃어버리고서 우왕좌왕하던 내게 "괜찮아, 서둘지 말고 천천히 찾아봐"라고 토닥이며 짐을 들어주던 시벨 언니를 알고 있으니까. 낙지가 먹고 싶다는 나의 말에 서울에 적을 둔 모든 지인에게 전화해 낙지 맛집을 수소문하는 수홍 언니를 알고 있으니까. 내가 감상에 젖어 하는 얘기를 차마 끊을 수가 없어서 급똥 신호가 왔는데도 땀을 뻘뻘 흘리며 참아내던 대장 언니를 알고 있으니까. 프라하에서 스카이다이빙을 할 때, 나는 그 누구보다 언니들이 보고 싶었다. 드넓은 하늘 속 바람을 온몸으로 느끼며 앞서 뛰었던 언니들을 떠올렸다. 낙하산이 펼쳐지고 완만한 속도로 낙하해 두 발이 지상에 닿자마자, 마지막 차례인 나를 기다리던 언니들에게 헐레벌떡 달려가 힘껏 안겼던 순간을 기억한다. 잊지 못할 추억이라 떠들어놓고서도 사는 게 바빠 어느덧 책장 깊숙이 넣어버린 시간들이지만, 언니들의 온기만큼은 지금까지 생생하다. 그들의 존재를 피부로 느끼고 있는 나는 더 이상 약하게만 굴지 않을 거다. 꼭 내 자리에서 살아남아 언젠가 언니들에게 보탬이 되고 싶으니까. 이건 나의 출사표다. 전국 서열 그놈들처럼 전국을 제패하진 못했지만 나라는 사람의 인생 하나 정도는 장악하고 있는 언니들이 사랑하는 '나'는 어떻게든 끝까지 나의 남은 생을 무사히 살아낼 것이다.

오, 나의 시벨

앞서 시벨 언니를 마뉴팍투라 군단의 멤버로 소개
했음에도 이렇게 따로 글을 쓰는 이유는, 나에게 있
어 언니의 존재는 신과 같기 때문이다. 힘들 때 맹목
적으로 기대고 싶은 존재, 늘 기도를 올리고 싶은 존
재, 매사에 되새기는 존재, 그런 존재를 신이라 부른
다면 나의 신은 시벨 언니다. 언니는 나에게 사랑을
가르쳐주었다.

중앙경찰학교에서 같은 학급, 8인실 기숙사의
같은 방, 침대 옆자리를 배정받은 우리는 서로의 존
재를 모른 채 살아본 적이 없는 사람들처럼 급속도
로 가까워졌다. 나는 투박한 억양의 경상도 말씨로,
언니는 부드러운 발음의 서울 말씨로 참 많은 이야
기를 나눴다. 과거를 털어놓으며 후회의 눈물을 짓
고, 현재를 고백하며 괴로움에 가슴을 치다가 오늘
보다는 더 나아질 미래를 기약하는 날들이었다. 그
누구에게도, 심지어 나 자신에게도 하지 못하는 말
을 언니에게는 할 수 있었다. 언니의 집에서 처음 샀
던 날의 기억이 아직도 생생하다. 생선회를 좋아하
는 나를 위해 집 근처 참치 전문점을 예약해놓은 언
니. 좋아하는 음식과 사람이 함께 있는 공간에서 텐
션이 걷잡을 수 없이 올라간 나는 주량 이상의 매

화수를 마시고 거나하게 취해버렸다. 거기서 그치면 좋았을 걸, 염화미소를 짓고 앉아 있는 언니 앞에서 온몸이 발갛게 달아오른 나는 내가 가진 내면의 추악함을 토로하며 펑펑 울고 만 것이다. 사람 많은 횟집 한가운데서 눈물을 질질 흘리는 내 꼴이 너무도 부끄러웠다. 식당을 나서는 순간부터 밀려오는 후회에 술이 번쩍 깰 지경이었다. 다음 날 숙취에 떡이 된 몸으로 언니와 마주 앉는 게 무척이나 창피했는데, 언니는 또다시 부처 같은 미소를 은은하게 띠며 어제의 내가 정말 가깝게 느껴졌다고 말했다. 우리의 관계가 한 발짝 나아간 건 어제 너의 용기 있는 고백 덕분이라며 내 머리를 쓰다듬어주었다. 맨 정신에 눈물이 핑 돌면서 온몸이 따뜻해졌다. 그럴 수만 있다면 부처님 같은 언니의 손바닥 아래 그 자리에 깊숙이 뿌리를 내리고 영원히 머물고 싶었다.

난 딱히 최선을 다하지도 않으면서 경과가 지지부진한 일을 그만두는 것에 미련이 많다. 반면 언니는 집중하고 싶은 대상이 생기면 그것이 일이든 사람이든 촉각을 곤두세워 모든 걸 쏟아부은 뒤 미련 없이 이별하는 사람이다. 매 순간 최선을 다했기에 돌아서는 데 한 치의 망설임도 남지 않는다고 했다. 난 예상을 벗어나는 작은 이벤트에도 과도하게 긴장하기 때문에 무슨 일을 하든 촘촘한 계획을 짜는 타입이고, 언니는 큰 계획 없이 순간을 즐기는 편이다. 관심사 역시 달라도 너무 다르다. 비슷한 구석이라곤 전혀 없는 우리의 이야기는 그래서 더욱 풍성해진다. 여행을 갈 때면 5분조차 허투루 쓰지 않기 위해 엑셀로 표를 꾸미는 것도 모자라 플랜 3까지 만드는 나에게, 언니가 즉흥적인 일본 여행을 제안했다. 당시 나는 파출소에서, 언니는 형사팀에서 일을 배우며 엄청난 스트레스에 시달리고 있었다. 상사에게 눈치가 보여 휴가를 내지는 못하고 휴일을 끼워 맞춰 후쿠오카로 2박 3일 여행을 떠났다. 심지어 언니는 당직 근무가 끝나는 아침에 절도 피의자를 체포하면서 예약한 비행기 대신 세 시간 뒤에 출발하는 다른 비행기를 타고 후쿠오카로 오게 되었다. 이번 여행에서는 계획에 집착하는 너의 스타일을 완전히 버려보라는 언니의 조언에 따라 유심조차 신청하지 않았던 나는 후쿠오카 공항에서 먹통인 휴대전화만 붙든 채 하염없이 언니를 기다렸다. 도대체 무엇을 해야 할지 알 수 없었고, 허공으로 날아가는 시간이 아까워 조바심이 났다. 그런데 두 시간 정도 지나자 두려움과 걱정이 잦아들고 여유가 찾아왔다. 이미 한국에서부터 녹초가 된 상태로 출발한 언니가 뒤늦게 후쿠오카 공항 입국장을 빠져나올 쯤에는 미소로 반겨줄 수 있을 만큼 정상 컨디션을 회복했다.

시벨 언니와 함께 있는 것. 그 여행의 유일한 계획이었다. 일정 없이 바닷가와 길거리를 걷고, 내가 좋아하는 문구점에서 작은 문구들을 한참 동안 살펴보고, 식당 메뉴판에 있는 모든 음식을 주문한 뒤 보기 좋게 취해 배꼽을 잡으며 웃고, 숙소로 돌아와 자기 전에 서로가 요즘 푹 빠져 있는 노래를 들으며 감상에 젖었다. 내내 함께하며 많은 사진을 찍었다. 여행이 끝나고 언니는 인천공항으로, 나는 김해공항으로 돌아갈 때 나눴던 포옹을 잊지 못한다. 그 무엇도 예상할 수 없었기에 오히려 완벽했던 생애 최초의 무계획 여행은 시벨 언니가 없었다면 평생 도전해보지 못했을 것이다. 인생의 행복한 페이지가 이렇게 늘어간다.

언니는 경찰 동기로서도 내게 아주 훌륭한 존재다. 현재 그는 형사팀에서, 나는 과학수사팀에서 현장 요원으로 활동하고 있다. 구조상 형사팀과 과학수사팀은 모든 사건에서 긴밀한 협조가 요구된다. 때문에 근무 지역은 달라도 업무적으로 모르는 것이 생기면 바로 시벨 언니에게 전화를 걸어 미주알고주알 물어보곤 한다. 물론 이야기가 삼천포로 빠지기 일쑤지만, 어쨌든 내게 언니 같은 동료가 있다는 건 마치 장비와 관우를 얻은 유비의 기분을 느끼게 한다. 남성 비율이 90퍼센트 가까이 차지하는 경찰 조직 내에서도 유독 성비 불균형이 심한 부서가(사실 어디든 그렇지만) 형사팀과 과학수사팀이다. 그 안에서 단순히 개인적인 친분을 넘어 각자의 목표를 가지고 자리 잡기 위해 노력하는 여성 동료로서도 언니는 정말 훌륭한 사람이다. 보다 더 거칠고 궂은 일 많은 형사팀 내에서 고군분투하며 여기저기 쏠리고 상처 입고 있는 언니가 지지 않았으면. 늘 그랬듯 호탕하게 웃으며 멋진 해답을 도출했으면. 나의 사랑, 나의 신은 언제나 승리하길 간절히 바라는 요즘이다.

언니는 연예인에 관심이 많고, 그중에서도 아이돌을 좋아한다. 최선을 다해 연습하고 오른 무대에서 하나의 별처럼 반짝반짝 빛나는 그들을 보면 심장이 두근거리고 가슴이 벅차오른다고 했다. 언니는 자신도 그런 사람이라는 걸 알고 있을까. 비록 무대

위는 아니지만 현장에서 언니는 빛난다. 나쁜 사람은 벌주고 피해 입은 사람은 구제해주는, 어린아이도 알고 있는 당연한 정의지만 현실에서 구현하기는 불가능에 가까운 일을 해내기 위해 뛰어다니는 사람. 흘리는 땀이 반짝반짝 빛나는 사람. 누군가를 좋아하는 것에 한 치의 거짓도 없는 사람. 타인을 사랑할 때 우리는 진정으로 빛날 수 있다는 걸 보여준 사람. 부모님에게 걸음마는 배웠어도 힘겨운 시간 속을 의연히 걷는 법은 배우지 못한 나의 손을 잡고서 세상을 향한 첫걸음마를 가르쳐준 사람. 우는 나를 다그치기보다 나를 울린 누군가에게 분노하는 사람. 하지만 마음은 무척이나 여린 사람. 언니가 사랑을 잃은 날, 우리는 서울의 이름 모를 언덕에서 함께 야경을 바라보았다. 그날 언니는 내 어깨에 기대 소리 없이 울었다. 언니에게 내준 어깨가 축축해졌다. 이토록 넓고 광활해 몇 배는 더 쓸쓸한 서울에서 울 곳을 찾지 못해 내 어깨에까지 다다른 언니가 안쓰러웠다. 그러고도 우리는 말없이 한참을 더 서울의 야경을 눈에 담았다.

그런 언니에게 미처 말로 하지 못한 이야기를 글로 적기 시작했지만, 어딘가 부끄러운 마음에 부치는 편지보다 서랍에 넣어두는 편지가 많아졌다. 그와 같은 마음으로 첫 책 『경찰관속으로』를 썼다. 언니에게 쓰듯이 서간체 형식을 빌려서. '언니에게 쓰는 편지'라는 부제를 단 것도 그 때문이다. 언니도 『경찰관속으로』를 읽자마자 마치 자신에게 쓴 한 통의 편지 같다고 생각했단다.

언젠가 언니가 말했다. "너랑 만나면 한 시간 전에도 만난 느낌인데, 헤어지고 나면 아주 오래전에 헤어진 것 같아." 지금까지도 이렇게 또렷이 기억하는 걸 보면, 난 언니의 말이 못내 좋았었나보다. 나도 언제나 같은 마음이라고, 그 언젠가의 언니에게 말해주고 싶다.

운전의 기술

어느 봄날, 벚꽃이 휘날리는 거리를 걸어보자고 의기투합한 우리 마뉴팍투라 군단은 진해 군항제를 찾았다. 대장 언니가 뽑은 지 얼마 안 된 따끈따끈한 새 차에 우리를 태워 하루 종일 모시고 다니다시피 했다. 마치 갓 튀겨낸 팝콘처럼 하늘을 수놓은 벚꽃, 코를 자극하는 길거리 음식들, 전국에 있는 무한리필 삼겹살집보다 많을 것 같은 커플들을 뚫고 우리는 흰 징의 인생사진을 건시기 위해 열성을 불태웠다. 그때 갑자기 수홍 언니가 외친 말. "아, 이래서 경찰이 좋아. 다 운전할 줄 아니까." 친구와 여행이나 나들이를 갈 때면 운전하는 사람이 본인밖에 없어 고충 아닌 고충을 겪던 우리는 언니의 말에 격하게 공감했다. "맞아! 현대사회를 살아가는 데 운전만큼 필수적인 기술이 없지. 암, 없고말고."

우리 모두 운전이 가능한 이유는 경찰공무원 시험 응시를 위한 필수 요건 중 하나가 '1종 보통 면허 소지'이기 때문이다. 지역 경찰(지구대나 파출수에서 근무하는 경찰관을 일컫는 말)은 순찰차를 몰아야 하고, 음주운전 단속에 걸린 운전자의 차를 옮겨야 하거나 도로 한복판에서 사이드브레이크 고장으로 멈춰버린 대형 화물차량을 고쳐야 하는 등 운전과 관련된 광범위한 사건 사고를 처리해야 하는 일도 부지기수로 일어난다. 경찰서나 지방청에서는 대부분 부서 공용 차량으로 스타렉스나 카니발 급의 모델을 사용하는 데다 기동대에선 대형 버스까지 몰아야 하는 만큼 경찰관 생활에서 운전은 결코 떼려야 뗄 수 없는 업무이다. 중앙경찰학교 교육 커리큘럼 중 운전 수업이 큰 비중을 차지하는 것도 그 때문이다.

내 부모님은 수능이 끝나면 가장 먼저 해야 할 일이 운전면허를 따는 거라 생각하는 분들이고, 내 지인의 대부분을 차지하는 경찰관들은 운전을 기본적으로 할 줄 안다. 그래서 경찰이 아닌 주변 여성들 중 면허가 없거나 따야겠다는 생각조차 해본 적 없는 경우가 은근히 많다는 걸 알고 꽤 놀랐다. 나는 여성들이 운전에 부담을 가지게 된 이유 중 하나가 '김 여사' 프레임이라고 생각한다. 여성 운전자는 도로 위에서 작은 실수 한 번에도 '김 여사'라 낙인 찍히고, 블랙박스 영상이 인터넷에 퍼져 조리돌림당하기 일쑤다. 심지어 여성이 교통사고 피해자일 경우에도 사고 장면의 영상이 인터넷을 통해 심심찮게 유포되기도 한다. 막연히 '여자가 몰 것 같은' 특정 차량에겐 서슴없이 위협적인 공격을 가하는 남성 운전자들을 자주 목격했다. 한 남성 운전자는 느린 속도로 달리는 앞 차를 향해 "저 여자가!"라는 말을 몇 번이나 내뱉었다. 차창의 선팅이 진해서 운전자의 성별은커녕 실루엣조차 보이지 않았는데, 어떻게 여성이라고 확신할 수 있었을까. 궁예처럼 관심법이라도 터득했거나 그냥 그렇게 믿고 싶었던 거겠지.

이처럼 여성 운전자들에게 쏠리는 편견 어린 시선에 처음부터 기죽지 않으면 좋겠다. TV 예능 프로그램에서 자주 볼 수 있는 '악마의 편집'처럼 위와 같은 상황도 남성 위주의 사회가 악의적으로 편집한 이미지일 뿐이다. 실제로 도로교통공단에서 발표한 '2019년 가해 운전자 성별 교통사고'에 따르면 가해 운전자 중 남성 운전자의 비율이 66퍼센트, 여성 운전자의 비율이 22퍼센트다. 경찰청에서 발표한 '2019년 가해 운전자 성별 교통사고'에서는 격차가 더욱 벌어져 남성 운전자의 비율이 75퍼센트, 여성 운전자의 비율이 22퍼센트나. 2019년 경찰청에서 발표한 '전국 성별 운전면허소지자 수'에서 남성의 비율이 58퍼센트, 여성의 비율이 41.9퍼센트로 그 차이가 크지 않은 것을 감안한다면 사실상 남성 운전자의 사고가 월등히 많은 것이다. 하지만 언론은 이런 사실에 애써 눈을 감은 채 각종 '녀' 타이틀을 만들어 몇 없는 사건 사례를 전시하기 바쁘다. 음주운전이나 뺑소니처럼 운전자의 고의나 과실이 명백한 경우는 차치하더라도, 도로 위에서는 다양한 이유로 얼마든지 크고 작은 사고가 일어날 수 있다. 나 혼자 잘한다고 피할 수 없다. 사고는 도로와 자동차가 존재하는 한 사라지지 않을 것이다. 큰 인명 피해가 발생하지 않는 이상 사고가 나더라도 당황하지 않고 보험회사에 연락해 원칙대로 처리하면 그만이다. 하지만 남자가 사고를 내면 '그럴 수도 있는 일'이 여자의 경우에는 '김 여사의 만행'으로 탈바꿈한다. 운전은 그저 성인이 되면 입문할 수 있는 하나의 기술일 뿐이고, 기술을 능숙하게 다루려면 당연히 숙달 기간이 필요하다. 그 과정에서 겪을 수밖에 없는, 특히 여성이라면 조금 더 험한 수준의 심적 고통으로 말미암아 멀리하기에 운전은 너무 아까운 영역이다. 나는 자동차도 생활 가전이라고 생각한다. 요즘은 전기차가 증가하는 추세이니 정말 가전에 포함해도 틀린 말은 아니다. 여성들이, 세상이 진보할수록 일상용품으로 자리 잡을 것이 분명한 자동차와 보다 더 가까워지면 좋겠다.

처음부터 잘하는 사람은 없다. 예비 경찰관들이 모인 중앙경찰학교에서도 마찬가지였다. 시험에 응시하기 위해 면허를 따냈어도, 고된 수험 생활 동안 실제로 운전을 해온 사람은 극히 일부에 지나지 않았다. 99퍼센트는 장롱 면허와 더불어 합격의 기쁨에 도취된 고삐 풀린 말이나 다름없었으므로, 이들과 함께했던 40시간의 운전 수업은 스펙터클 그 자체였다. 액셀과 브레이크의 위치를 헷갈려 풀 액셀을 밟은 뒤 흙더미에 차를 처박은 사람, 앞에서 지도하던 운전 교수를 들이박은 사람(단언컨대 실제 있었던 일이고, 다행히 경미한 상처로 끝났다), 피하라고 세워놓은 러버 콘을 볼링핀처럼 차례대로 쓰러뜨리고 간 사람, 주차할 공간이 좁아 보였는지 앞뒤에 세워진 차를 범퍼로 민 뒤 창조 주차를 해낸 사람까지…. 마치 도로 위의 흉기 같던 동기 언니들과 내가 수년간의 경찰 생활을 거쳐 운전이 일상의 루틴이 되고, 마침내 오너드라이버로 거듭나 전국을 누비는 걸 보면 무척 감개무량하다. 레벨 업에 이어서 마침내 9차 전식까지 한 기분. 두 뼘 성장한 느낌. 언니들도 같은 생각이었는지 "우리 원도가 운전도 하고 다 컸네!"라는 말을 종종 한다. 물론 아직 완전히 길든 말은 아닐지도 모른다. 남산타워로 야경을 보러 갔던 날,

어두운 도로 위에서 길을 못 찾고 방황하던 시벨 언니의 차 안에서는 잠깐이나마 안전벨트를 꽉 붙잡아야 했으니까.

운전이 단순히 먼 거리를 빨리 갈 수 있게 해주는 것만은 아니다. 기동성이 확보되는 순간, 세계는 상상할 수 없을 정도로 확장된다. 특히 대중교통의 종류나 노선이 서울에 비해 턱없이 적은 지방에서는 자동차가 확장해주는 생의 넓이가 어마어마하다. 버스로 한 시간이 걸리는 곳을 내 차로 15분 만에 주파하는 쾌감이라니… 그건 느껴보지 않은 사람은 모른다. '언젠가 한번 가보자'며 체크만 해놨던 장소에 대한 막연한 계획이 '이번 주말에 한번 가보자' 정도로 구체성을 띠는 경험을 모든 여성이 해보면 좋겠다. 물론 저마다 처한 상황이 다른 만큼 운전에 대한 생각 또한 제각각이겠지만, 면허만큼은 꼭 따놓기를 추천한다. 취직하면 따야지, 내 차가 생기면 따야지, 차 없을 때 면허 따면 운전하는 법도 까먹는다던데 등등 다양한 이유로 우선순위의 목록에서 밀려나기 쉬운 것도 면허 취득이다. 그렇기에 거두절미하고 당장 실행했으면 하는 것이다. 남자친구나 남편이 아니라 나 자신이 직접 운전하는 차로 원하는 곳을 원하는 시간에 가보는 경험이 여성들에겐 꼭 필요하다. 언제 떠나서 얼마나 머물다 돌아올 건지, 빠른 고속도로로 갈 건지 느긋하게 국도로 갈 건지를 자유 의지로 결정하고, 문득 경치 좋은 곳을 만나면 차를 세워 풍경을 바라보는 경험은 삶을 좀 더 풍부하게 만들어줄 것이다. 운전은 기술이고, 기술은 갈고닦는 사람을 절대 배신하지 않는다.

체코 여행을 떠났을 때의 일이다. 우리는 프라하 인근의 체스키크룸로프까지 자동차를 빌려 다녀오기로 했다. 버스로 이동하기에는 시간이 너무 오래 걸렸기 때문이다. 체스키크룸로프에서 광란의 관광을 마치고 프라하로 돌아올 땐 대장 언니가 운전대를 잡았다. 연장자인 수홍 언니와 시벨 언니는 체력이 고갈된 상태로 뒷자리에 탑승하자마자 잠들어버렸고, 나는 조수석에 앉아 셀카봉에 꽂은 휴대전화 속 내비게이션 화면을 대장 언니에게 보여주는 궁내 임무를 맡았다. 하지만 제대로 안내를 못 해서 화장실을 찾던 대장 언니의 얼굴색이 갈수록 흙빛이 되어가던 걸 생각하면 지금도 미안하다. 장거리 운전자를 위해 조수석에 앉은 사람이 해줄 수 있는 일은 졸지 않는 것, 그리고 너무 귀찮게 굴지 않으면서 운전자와 적절히 소통하는 것이다. 평소에 대장 언니와 만나면 100분 중 90분은 내가 떠들고 10분은 언니가 말하는 식이다. 그 10분마저도 내 말에 맞 장구치는 데 사용되기 일쑤인데 그날도 별반 다르지 않았다. 속사포처럼 쏟아지는 나의 수다를 비집고 들어와 언니가 자신의 의견을 낸 것은 다른 노래를 틀어달라는 주문 정도였다. 언니가 원하는 노래를 재생시키며 마주친 하늘의 풍광은 아직도 눈에 선하다. 저녁놀이 만들어내는 장관이 그 하늘에 펼쳐져 있었다. 마치 윈도우 배경화면처럼 고속도로 옆 광활한 초원을 동물들이 뛰어다니는 비현실적인 풍경. 그 노을빛은 그저 붉은빛이라기보단 온 세상을 축축하게 적시는 핏빛에 가까웠다. 프라하로 넘어가는 도로 위 풍경에 완전히 잡아먹힐 때쯤 대장 언니가 조곤조곤하게 말했다. "나는 내가 운전하는 차에 탄 사람이 자면 기분이 엄청 좋다? 불편한 사람이나 운전이 미숙한 사람이 모는 차에 타면 되게 긴장되잖아. 그런데 잠을 잔다는 건 나를 편하게 생각한다는 거고, 나의 운전도 완전히 믿는다는 뜻이니까. 그래서 언니들이 내가 운전하는 차에 타자마자 두 시간 넘게 자고 있는 걸 보니 엄청 기분 좋아. 너도 졸리면 자. 내비 안 보여줘도 돼." 수홍 언니와 시벨 언니의 코 고는 소리가 배경음악처럼 간간히 들리는 차 안에서 핏빛 노을만큼이나 강렬한 대장 언니의 말을 들으며 동유럽의 하늘을 올려다보던 순간은 아직도 나의 가슴에 새겨져, 내가 힘들 때마다 벌컥벌컥 열어젖히는 서랍 속에 고이 모셔져 있다.

운전에 얽힌 기억이 어디 이것뿐이랴. 좁은 차 안에서 삼 많은 추억을 쌓아왔다. 차 시트에 추억이 나이테처럼 촘촘히 새겨졌다. 나의 첫 장거리 운전은 엄마와 함께한 7번국도 여행이었다. 강원도 양양까지 올라가서 마주한 남애항, 그곳의 짭조름한 공기는 지금도 엄마와 나의 대화 주제로 종종 등장한다. 울적한 마음에 홀로 떠난 통영에서 만난 이순신 공원의 꿈결 같은 풍경, 그 순간을 잊지 못해 시간이 흐른 뒤 애인과 함께 다시 찾았던 그곳에서의 웃음과 돌아오는 길의 울음, 친구와 제대로 된 일출을 보겠다는 일념 하나로 제대로 된 가로등도 없는 해남의 땅끝마을까지 빌려갔던 새벽의 쓰급함, 임신 중에 양수가 터진 언니를 싣고 대학병원 응급실까지 가면서 뜨개질을 하듯 걱정에 걱정을 엮어 다잡았던 부서진 마음, 대장 언니와 저녁을 먹고 내 차로 언니를 바래다주던 그 10분 동안 나눈 진한 농도의 대화,

회사 사무실에서 사용할 공용 물건을 사고 집에 가던 중 5톤 트럭과 충돌하는 사고가 났지만 다음 날도 제시간에 출근을 할 수밖에 없었던 밥벌이의 고단함, 좋아하는 가수의 콘서트를 보러 전국의 공연장을 다니는 동안 무한 반복해서 듣던 그 가수의 노래들. 운전을 하지 않으면 결코 경험할 수 없는 다른 세상 이야기가, 운전대를 잡는 시간만큼은 스스로가 주인공이 되어 누비는 무대에서 벌어진다.

그러나 운전 중에 마냥 유쾌한 일만 생기는 건 아니다. 여성 운전자라서 겪는 부당한 일도 많은데, 특히 자동차 정비와 관련된 일이 그렇다. 어느 정비소를 가든 뒤통수를 맞지 않도록 단단히 주의해야 한다. 눈에 보이는 가격표가 없는 업종 특성상 여성은 차를 잘 모른다는 편견을 이용해 훨씬 비싼 값을 요구하거나 같은 값이라도 질 낮은 서비스를 제공하는 경우가 허다하기 때문이다. 한 언니는 타이어를 점검하러 갔다가 경차인데도 개당 47만 원이라는 이이 없는 가격의 청구서를 받았다. 게다가 교체하겠다고 말한 적도 없는데 업자는 "이미 타이어를 찢어 해체했으니 물릴 수 없다"는 황당한 말을 늘어놓았다. 결국 이 사건은 언니가 아빠에게 SOS 요청을 하고 나서야 일단락되었다. 부모가 준 이름 석 자를 간판에 대문짝만하게 걸어놓은 정비소였는데도 그랬다. 이 분야에서 유독 만연한 성차별을 목격할 때마다 어쩔 수 없다는 무력감에 빠지다가 분노가 치밀기도 하고, 이런저런 생각이 많아진다.

그럼에도 최대한 많은 여성이 길 위로 나오기를, 어디로든 살 수 있기를 나는 바란다. 우리가 가지 못할 곳은 세상 어디에도 없다는 막연한 느낌을 현실의 생생한 감각으로 와락 안아보기를. 교통 법규는 준수해가면서 일평생 즐거운 카 라이프를 누리기를!

모두의 아이돌

"저 사람 왠지 매력 있어." 분명 모국어지만 이보다 더 해석하기 어려운 문장은 없는 것 같다. 여기에서 뜻하는 '매력'이 무엇인지 정의할 수 있는 이가 과연 있을까. 누가 누구를 두고 말했느냐에 따라 다르게 해석될 여지가 크고, 어느 한 가지만을 꼭 집어서 하는 얘기가 아닐 수도 있다. 사람마다 선호하는 매력 포인트는 팔만대장경에도 다 담지 못할 만큼 다양하기 때문이다. 그림에도 불구하고 '매력적인 사람'은 보통 대다수에게 매력적인 사람으로 일컬어진다. 외모가 잘났다고 해서 매력적이라고 하지는 않는다. 잘난 얼굴로도 가질 수 없는 매력이란 도대체 뭘까. 결코 닿을 수 없는 궁극의 진리 같은 '매력'. 그것이 무엇인지 정확히 설명하는 건 불가능하지만, 마치 매력을 의인화한 것처럼 매력 그 자체인 사람을 본 적은 있다. 바로 중학교 한 학년 선배 체즈 언니다. 언니는 당시 작은 여중 하나를 흔들고도 남을 만큼의 인기를 누렸던 그 시절의 아이돌, 모두의 아이들이있다.

체즈 언니는 인기를 얻기 위해, 그리고 그 인기를 누리기 위해 태어난 사람 같았다. 쇼트커트에 교복 바지를 입고 다녔던 언니는 객관적으로 봐도 잘 생긴 얼굴에 유쾌한 성격, 더불어 우수한 학업 성적까지 삼박자를 넘어 구박자쯤 갖춘 완전체였다. 이런 언니가 행차하는 곳은 언제나 여자 아이들의 비명 소리로 가득했다. 춤 잘 추는 댄스부 주장인 데다가 피아노 연주 실력까지 수준급이어서, 드라마 속 주인공도 이 정도면 설정 과다로 비난을 받을 캐릭터였다. '독보적'이라는 수식어는 바로 저런 사람에게 어울린다는 걸 실감하게 했다.

학교 축제 리허설에서 언니가 당시 유행하던 히트곡을 연주한 날이었다. 언니의 무대라는 소문을 들은 전교생은 리허설인데도 앞다퉈 강당으로 달려갔고, 의자가 부족하자 맨바닥에까지 좌판을 벌이고 앉는 장면이 연출됐다. 언니는 그런 우리를 향해 씨익 웃어준 뒤 피아노 연주를 시작했고, 나를 포함한 전교생은 반주에 맞춰 강당이 쩌렁쩌렁 울리도록 노래를 불렀다. 아마 현역 아이돌 콘서트에서도 그런 떼창은 듣기 힘들 것이다. 전교 회장도 따놓은 당상이었다. 푸틴도 울고 갈 정도의 몰표가 나왔다. 언니가 참여하는 학교 행사가 열릴 때면 아이들은 대형 플래카드를 제작해 언니를 향해 있는 힘껏 흔들었고, 언니의 팬클럽 회원들은(실제로 운영자까지 있던 진짜 팬카페였다) 자기들끼리 만든 구호와 함께 언니의 이름을 연호했다.

하지만 무엇이든 끝은 있는 법이어서, 체즈 언니의 학교 생활도 예외는 아니었다. 졸업식 날 언니를 배웅하기 위해 몰려든 후배들로 학교 앞은 문전성시를 이뤘고, 언니는 그 시절 우리가 사랑해마지않았던 여유민민하면서도 청랑미 가득한 미소를 지으며 천천히 손을 흔들어줬다. 언니가 졸업한 이후에도 아이들은 언니의 이야기를 종종 나누었으나 그리 오래가진 않았다. 당시 언니는 우리 지역에서 딱 두 곳밖에 없는 남녀공학 고등학교로 진학했는데, 들어간 지 얼마 되지 않아 머리를 기르고 교복 치마를 입게 됐다는 것, 그리고 남자친구까지 생겼다는 소식이 전해지며 팬클럽이 해산되었기 때문이다. 모두의 아이돌이었던 체즈 언니도 시들해진 왕년의 아이돌이 되어 우리의 기억 속에서 서서히 자리를 잃어갔다.

오랜 세월 잊고 지낸 체즈 언니가 다시 생각난건 요즘 내가 근 7년간 고수한 투 블록 헤어스타일을 포기하고 머리를 기르는 중이라서다. 하고 싶지 않은 선택을 하게끔 떠밀리게 된 지금에서야 궁금해졌다. 누구보다 당당했고 자신감이 넘쳤던 체즈 언니가 한순간에 자신의 스타일을 바꾼 이유가. 언니가 남녀공학이 아니라 여고에 진학했다면 다른 선택을 했을까? 언니의 의중을 알 수 없으니 마침표 대신 물음표를 찍을 수밖에 없는 가정이지만 어딘지 석연치 않은 구석이 있는 건 분명하다. 내가 머리를 기르기로 한 이유에는 타인을 비롯한 사회 전체의 강요 아닌 강요가 높은 지분을 차지하기 때문이다.

나는 고등학교 2학년 때부터 쇼트커트였다. 외모를 꾸미는 데 큰 관심이 없기도 했고, 잠이 너무 많아서 아침잠을 줄여가면서까지 머리 모양을 만지는 수고를 한다는 게 신체 리듬상 불가능했다. 무엇보다 내가 '여고'를 다녔기 때문에 가능한 일이었을 것이다. 물론 여고라 해도 화장과 같은 꾸밈 노동을 완전히 피해 갈 수는 없었지만, 남녀공학보다는 정도가 약했다. 그럼에도 불구하고 나는 나를 제외한 모든 친구가 화장한 모습에 자주 불안감을 느꼈다. 수업이 일찍 끝나는 토요일, 놀러 나가기 전 두 시간 동안 라이터로 지진 면봉으로 속눈썹을 올리고 고데기로 머리를 손질하는 친구들을 보면서도 마찬가지였다. 내가 화장하지 않고 외모도 그다지 꾸미지 않은 채 친구들과 어울릴 수 있는 건 고등학교 시절이 마지막일 거라는 느낌이 또렷하게 들었으니까. 난 나이 들어서도 지금 이 모습 그대로 살고 싶은데, 대학에서든 직장에서든 사람들과 어울릴 수 있으려나. 그 판에 들어갈 수나 있을까. 불안감이 엄습했다. 그때도 연락하고 지내는 남자가 한둘은 있어야 대화에 자연스레 낄 수 있고, 그러기 위해선 발 넓은 친구에게 부탁해 남자를 소개받고 데이트를 해야만 하는 상황이 생겼다. 이성에 아무런 관심이 없으면서도, 데이트 때 있었던 일을 친구들에게 이야기해야 한다는 집념 하나로 지루하기 짝이 없는 또래 남자아이와의 시간을 견딘 적도 있다. 학창 시절에 연애 한 번 하지 않은 학생은 어딘가 모자란 구석이 있는 사람 취급을 받았고, 쉽게 접하는 미디어에서도 사랑 충만한 연애만이 여성의 존재 의의인 양 떠들어댔으며, 유행하는 노래는 비트와 가수만 다를 뿐 내용은 거기서 거기로 사랑과 이별을 수도 다뤘다. 이성애라는 거대한 파도가 나를 덮칠 것만 같았다. 거부하는 순간 죽음뿐인 것 같은 위협감에 졸업이 다가오는 것이 너무 무서웠다.

아니나 다를까, 대학생이 되자 여성성에 대한 요구는 고등학생 때와 비교도 되지 않을 만큼 심해져 도저히 무시할 수 없는 수준에 이르렀다. 아이러니하게도, 나에게 그런 여성성을 가장 많이 강요한 사람은 엄마와 친언니였다. 출근 전 3분 컷으로 완벽한 화장을 해내는 언니는, 내게 아침저녁 인사처럼 딱 10분만 화장에 투자해보라고 말하곤 했다. 나라고 아주 손놓고 있었던 건 아니다. 수능 시험을 치르자마자 흔히 '인생 템'이라 불리는 화장품을 종류별로 구입해 혼자 발라보고 친구에게도 물어물어 메이크업을 시도해보았지만 3분 안에 끝내기란 불가능했다. 그 3분이라는 시간은 자신에게 맞는 피부 톤과 화장 루틴, 브랜드별로 출시되는 주력 상품, 다년간 화장을 하면서 쌓은 경험치가 만나야만 비로소 이룰 수 있는, 조건부였던 것이다. 나 같은 초짜는 그 정도의 노하우를 쌓는 데 드는 시간과 돈이 어마어마하게 필요했고, 결국 내겐 모든 게 무의미하다는 것을 절절히 깨달았다. 내가 원한 긴 남자의 사랑이니 사회가 인정해주는 여자의 이미지 따위가 아니라 언제 어디서든 주먹으로 눈을 비비고 시원하게 코를 풀 수 있는 자유, 그리고 아침잠이었으니까. 그리하여 경찰공무원 시험을 준비한다는 핑계로 원래도 쇼트커트였던 머리 모양을 완벽한 투 블록으로 바꾼 뒤 지금까지 유지해왔다. 그러나 나는 이 길을 그만 걸으려고 한다. 너무도 지쳐버렸기 때문이다.

그동안 성별을 물어보는 질문을 수도 없이 받았다. 나 혼자 있을 때 들었으면 표정을 구기면 그만이고, 친구들과 있을 때라면 함께 털어내면 그만이나. 그런데 어느 정도 선을 유지하는 사람들, 예컨대 회사 사람들과 있을 때 그런 질문을 들으면 무슨 말을 해야 할지 어떤 표정을 지어야 서로 민망하지 않게 상황을 넘길 수 있을지 매번 곤혹스럽다. 남자 상관이 나를 향해 손가락질을 하며 쟤가 남자인지 여자인지 맞혀보라고 외치던 순간을 잊을 수 없다. 그 얘기를 듣고 하하호호 웃던 주위의 부하 직원들을 원망하지는 않는다. 나도 뻘쭘하게 웃고 말았으니까. 먹고사는 문제 앞에서 그렇게 시시때때로 인간의 나약함을 목격하게 된다. 부서 사람들과 밥을 먹으러 식낭에 갈 때 꼭 "어머, 여경이었구나!"라고 한마디씩 얹는 사장님들을 마주하면 밥맛이 뚝 떨어진다. 그런 일을 수차례 겪은 후론 식당에서만큼은 의도적으로 말을 하지 않았다. 목소리를 노출하지 않자 식당 종업원들은 모두 나를 남자로 봤다. 엄마와 시장에 가든 백화점에 가든 아들이랑 온 줄 알았다며 박장대소하던 직원들은 무엇이 그리 즐거웠는지. 사건 현장에 갔을 때도, 서로 죽이네 살리네 싸우는 와중에 눈을 동그랗게 뜨며 여경인지 남경인지 묻던 사건 관계자들의 표정이란. 부리나케 현장으로 뛰어가던 나를 굳이 붙잡아 세운 뒤 성별을 묻던 구경꾼도 기억난다. 여기서 밝히는 사실이지만 내 키는 155센티미터다. 어쩌면 이 키가 한국 남자의 평균치가 아닐지 강렬한 의심마저 든다. 내가 투 블록 스타일을 고수하면서도 남자냐 여자냐로 오해받지 않았던 곳은 딱 두 곳, 바로 목욕탕과 미국이다. 목욕탕에선 옷을 다 벗고 있으니 오해받을 일이 없었다(대신 운동선수냐는 소리는 엄청 들었다…). 오히려 모든 걸 공개했을 때 편견이 사라진다는 걸 알았다. 미국에서는 어딜 가도 남자냐는 질문을 받지 않았다. 사생활을 존중하는 문화적 차이도 있겠으나 기본적으로 남성과 여성의 피지컬 차이가 엄청나니 키가 155센티미터에 불과한 나를 남자로 착각할 일은 만무했을 테다. 그래서 미국에서는 쇼핑하기가 정말 편했다. 눈치 보지 않고 원하는 스타일의 옷을 맘껏 입어보았다. 고국에서 느껴본 적 없는 자유를 타국에서 진하게 맛본 것이다. 그러다 귀국 후 엄마와 함께 들른

가게에서 남자인지 여자인지 묻는 사람을 만났고, 나는 비로소 대한민국으로 돌아왔음을 실감했다.

이런 일들을 한 세월 겪어온 나는 앞으로도 유사한 일을 겪게 될 것이 불 보듯 뻔하다. 솔직한 심정으로, 이제는 그것을 감내하기가 힘들다. 쌓인 상처가 많아 더 담을 여유 공간이 없다. 비겁하게 들릴지 몰라도 그만 상처받고 싶다. 여성임을 입증하는데 목소리를 내느라 너무 애를 썼다. 낼수록 구차해지기만 하는 목소리를. 화장은 앞으로도 하지 않을 거지만 머리는 현실과 타협해 어느 정도 기르고 있다. 귀가 시원한 투 블록을 포기하고 구레나룻을 귀 뒤로 넘길 정도로만 길렀는데도 주변 시선의 변화는 엄청났다. 성별을 묻는 질문을 받아본 적 없고, 황당하게도 식당에서 주문한 음식의 양이 30퍼센트 가까이 줄었다. 같은 돈을 내도 제공받는 서비스는 양으로 보나 질로 보나 차원이 달랐다. 투 블록 시절, 부서 사람들과 어느 김치찌개집에 갔는데 밥공기가 넘칠 정도로 밥을 푸짐하게 담아줘 다들 만족하며 든든히 먹었다. 이후 머리를 조금 길러서 같은 식당에 재방문했을 때, 밥뚜껑을 열어보니 내 몫의 밥이 남자 직원의 절반밖에 되지 않았다! 성별을 묻는 질문이 빠진 자리에는 이런 예상치 못한 경험들이 축적되기 시작했다. 여자니까 일부러 적게 담았다고 대놓고 말하는 식당 사장님도 많다. 사장님, 그럼 제 밥값은 좀 깎아주나요? 여섯 명이서 밥을 먹는데 한 명한테만 적게 주고 다섯 명한테는 비정상적으로 많이 주면 당연히 그 다섯 명한테 돈을 더 받아야 하는 거 아닌가요? 아무리 생각해도 손해는 여자인 나 혼자 보고 있었다. 한국에서의 성별이란 구레나룻 길이 하나로 손바닥 뒤집듯 바뀌는 것이고 그로 인한 사회적 위치도, 하물며 내 돈 주고 먹는 밥의 양마저 내 의사와 상관없이 바뀐다. 이쯤 되면 생물학 같은 과목은 배울 필요가 없지 않은가. 성별 따위 머리카락 길이 하나로 대통합되고 마는데. 이토록 일상의 모든 부분에서 첨예한 성차별이 자행되는 이유가 도대체 무엇인지 묻고 싶다. 그렇게 차별한 결과로 다들 종부세를 낼 정도의 부자가 됐는지도 궁금하다.

난 나에게 남자냐 여자냐 묻는 사람들이, 정말 내 성별이 궁금해서 묻는 거라고 생각하지 않는다. 그들은 내가 여자인 걸 누구보다 잘 알고 있다. 내 모습이 정말 키 작은 남자로 보였다면 그런 무례한 질문을 차마 입 밖에 내지 못했을 거다. 어라, 넌

여자인데 머리가 짧네? 평범하지 않아. 너는 잘못됐
어. 왜 너 혼자 그러고 돌아다니냐. 너 진짜 이상하
게 보여. 질문에 가려진 그들의 본심을 내가 모를 리
없다. 나보다 여자로서 훨씬 많은 세월을 살아온 엄
마와 언니는 대한민국에서 여자로 태어나 평범하지
않은 모습으로 사는 일이 얼마나 피곤한지 누구보
다 잘 알 것이다. 그래서 나를 타이르기도 하고 윽박
지르기도 하면서 어떻게든 여성성이란 틀에 맞추려
애쓰는 듯하다. 엄마는 요즘 나에게 머리 기른 모습
이 아주 예쁘다며 입에 침이 마르도록 칭찬한다. 내
가 다시 머리를 자르겠다고 하자 정신 나간 소리 하
지 말라며 단호히 말을 자르는 걸 보곤 충격과 상처
를 동시에 받았다. 엄마는 나를 있는 그대로 사랑하
지 않는 것 같다. 내가 남들에게 말하기 그럴싸한 직
업과, 여성의 전형적인 모습에서 크게 벗어나지 않
는 형태를 유지하고 있으니 예뻐한다는 느낌을 지울
수 없다.

　　이런 이유로 최근의 나는 꽤나 울적하다. 깔끔
하게 자른 헤어스타일에 형형색색 셔츠와 긴 양말을
깔맞춤하고 자유롭게 돌아다니던 내가 사라진 기분
이다. 머리카락 길이와 함께 거울 앞에 앉는 시간이

늘어갈수록 거울 속 스스로의 모습이 마음에 들지 않는다. 예쁘지 않은 부분을 자꾸만 찾아낸다. 머리카락 길이가 뭐라고 사람을 이렇게까지 뒤흔들어놓는지 웃기기도 하고 어이가 없기도 하고 세상은 요지경이고… 이래저래 복잡하다.

우리 모두가 아이돌이 될 수는 없다. 하지만 적어도 자기 인생의 주인공은 될 수 있다. 체즈 언니의 근황을 알 수는 없지만, 지금의 언니가 쇼트커트를 하고 있으면 좋겠다. 그 시절 우리가 사랑했던 건 체즈 언니의 외모나 능력이 아니라, 자신에게 어울리는 스타일을 누구보다 잘 아는 사람만이 뿜어내는 생기와 당당함이었다. 언젠가 나도 가장 나다운 모습으로 돌아가 그런 매력을 뿜어낼 수 있기를 속절없이 빌어본다.

(언)니가 뭔데

담배 피우는 사람을 볼 때면 이제는 더 이상 서로에게 중요한 존재로 남아 있지 않은 하버 언니가 종종 떠오른다. 나에게 담배를 가르쳐준 언니, 어른스럽고 의식이 거대해 보이던 언니, 그리고 필터까지 타들어간 담배처럼 감정의 밑바닥을 보여준 그 언니가.

언니와 나는 경찰공무원 학원에서 만나 친해졌다. 매번 앉는 자리도 비슷했고 학원에 남아 공부하는 시간도 비슷했으며, 체력 시험을 대비하기 위해 다니는 학원도 같았다. 누가 먼저 말을 걸었는지는 정확히 기억나지 않는다. 다만, 좁은 학원을 오가며 수없이 마주친 서로의 존재가 특별할 것 없는 학원 풍경에서 한 명의 사람으로 다가온 순간부터 급속히 가까워졌다는 사실은 또렷이 기억에 남아 있다.

언니는 나보다 네 살이 많았다. 스무 살 이상 차이 나는 사람과도 한 사무실에서 근무하는 지금, 돌이켜보면 고작 네 살이 뭐라고 그렇게 기 보였는지 모르겠다. 언니를 실제보다 더 큰 어른으로 느꼈던 데에는 그의 매사 진지한 성격도 한몫했고, 무엇보다 언니가 엄청난 골초라는 사실이 컸다. 언니는 걸음을 내디딜 때마다 인터넷 소설에서 자주 봤던

표현처럼 '알싸한 담배 향'이 실제로 그림자처럼 따라다닐 만큼 담배를 달고 살았다. 한번은 저녁 특강을 앞두고 학원 옥상에서 언니와 초코 음료를 마시며 이야기를 나누고 있었는데, 언니가 피우던 담배꽁초의 불씨가 채 꺼지기도 전에 새 담배 개비를 꺼내 불을 붙이는 게 아닌가. 왜 그러냐 물으니 "지금 기분엔 두 개비 정도는 피워줘야 된다"는 세상만사에 통달한 듯한 대답이 돌아왔다. 그땐 그 모습이 어른의 무게를 짊어진 듯 근사하게 느껴졌고 어딘가 고독해 보였고… 뭐 그랬다.

자존심이 무척 강했지만 그런 자존심을 뒷받침해줄 만한 현실적인 조건은 열악했던 하버 언니. 그래서 더욱 남들 눈엔 보이지도 않는 자신의 자존심 하나에 매달렸는지 모르겠다. 이십대 후반의 나이, 줄어드는 통장 잔고, 좀처럼 오르지 않는 성적과 체력, 목을 조여오는 집안의 압박…. 시간이 지날수록 언니의 자존심에 대한 집착과 예민함의 정도가 심해지자 친하게 지내던 사람들마저 하나둘 거리를 두기 시작했지만, "눈치 따위 태어날 때부터 무료로 나눠 준 게 분명하다"는 오랜 친구의 말처럼 눈치코치옆치 중 그 무엇도 없던 나는 하버 언니의 이상 기류를 미처 감지하지 못했다.

내가 다녔던 학원은 매주 토요일마다 자체 모의고사를 실시하고, 시험이 끝난 직후 전 과목 점수로 1등부터 꼴찌까지 순위를 매긴 성적표를 게시판에 붙였다. 아직도 눈을 감으면 그 게시판을 떠올릴 수 있을 정도로 충격적인 장면이다. 그 앞에서 얼마나 많이 울고 웃었는지(사실 웃는 순간은 거의 없었지만). 이름 석 자 중 가운데 글자를 가려주긴 했지만 누가 누구인지 다 아는 학원 사람들 사이에 그런 익명 처리는 하나 마나한 조치였다. 그 날도 상처받을 준비를 하면서 게시판 쪽으로 갔는데, 하버 언니가 성적표를 노려보며 분을 참지 못해 온몸을 부들부들 떨고 있는 게 아닌가. 그러더니 게시판 앞 탁자를 주먹으로 수차례 내려치며 "씨발!"을 연발하기 시작했다. 눈치코치옆치를 누군가에게 무료로 몽땅 나눠준 나조차 심상치 않은 상황임을 알 수 있었지만 그 상황을 능숙히 대처할 눈치코치옆치가 없는 건 마찬가지였으므로, 나는 하버 언니에게 다가가 물었다. "언니, 무슨 일 있어요?" 내 질문에 휙! 소리가 나도록 휙! 돌아본 하버 언니는 이를 부득부득 갈며 성적표를 가리켰다. "씨발, 이것 좀 봐! 말이 돼?" 언니의

손끝을 따라 시선을 옮긴 이번 모의고사 1등 자리에
는 친하게 지내던 동동 언니의 이름이 적혀 있었다.
폭발하기 직전인 대화를 이쯤에서 그만두고 얼른 자
리를 떴어야 했지만 눈치코치옆치가 없던 나는 결국
지극히도 멍청한 말을 내뱉고 말았다. "우와, 동동
언니 1등이네! 대단하다!" 나의 순진무구한 이 발언
은 하버 언니의 열등감을 자극하기에 충분했다. 끓
고 있는 기름에 찬물을 콸콸 부은 꼴이었다. 화르르
거대한 불꽃을 일으키며 하버 언니가 소리쳤다. "이
거 잘못된 거야! 가채점 할 때는 내가 1등이었어! 씨
발, 데스크 직원이 잘못 매긴 게 분명해. 내가 1등이
맞다고!" 내가 드라마 〈SKY 캐슬〉에서 서울 의대를
향한 예서의 집착을 보고도 크게 놀라지 않았던 건
하버 언니 덕분이라 생각한다. 서울 의대는 합격하
면 꽤 괜찮은 미래가 기대되기라도 하지, 이건 말 그
대로 '모의고사'일 뿐이고 여기서 1등 한다 해도 본
시험과는 아무 상관이 없는데 하버 언니는 왜 그렇
게 분노했던 걸까. 자신이 1등을 하시 못했냐는 깃보
다, 늘 같이 웃고 떠들던 동생이 자신을 제치고 1등
을 했다는 사실이 그를 미치게 만든 것 같았다. 하버
언니는 씹힌 카세트 테이프처럼 끊임없이 욕지거리
를 반복하며 데스크 직원에게 따지러 갔지만, 성적

표가 수정되는 일은 없었다. 그 뒤로 하버 언니는 의식적으로 동동 언니를 피하며 관계에 벽을 세웠고, 언니가 마음 붙일 곳은 급격히 좁아져 스스로를 더욱 숨 막히게 만드는 꼴이 되었다.

본 시험 날짜가 임박해오고, 학원에서는 빈 교실 하나를 자습실로 만들어줬다. 하버 언니는 자습실의 맨 앞자리 책상 세 개를 혼자 차지한 채 공부에 몰두했다. 내가 그곳에서 오래 잠을 자고 일어나도, 밖에 나가 딴짓을 하고 돌아와도 하버 언니는 의자에 엉덩이가 달라붙은 사람처럼 꼼짝도 않고 공부에만 열중했다. 그러나 안타깝게도 날이 가면 갈수록 하버 언니의 성적은 하향 곡선을 그렸고 엎친 데 덮친 격으로 체력 준비도 마음처럼 되지 않았다. 경찰공무원 시험은 체력 시험 성적이 당락을 좌우한다고 해도 과언이 아닌데, 언니는 체력 학원에서 눈물이 쏙 빠질 정도로 운동해도 기량이 향상될 기미가 보이지 않았다. 보는 사람도 이해되지 않을 정도로. 이런 상황이 맞물리자 언니는 말 그대로 점점 미쳐갔다. 언니의 모든 것이 한 덩어리씩 무너지기 시작했다.

시험의 막바지 대비를 위한 형법 판례 특강이 개설되었는데, 수강 좌석을 지정제로 운영하는 수업이었다. 이때 나는 또 눈치코치옆치 없이 하버 언니의 옆자리를 신청하고 말았으니 스스로 태풍의 눈속으로 걸어 들어간 셈이다. 태풍 예보를 무시하고 가방 하나 덜렁 짊어진 채 낚시터로 떠나는 어리석은 자가 바로 나다. 시험 전 마지막 특강이라 수업의 난도가 꽤 높았고, 담당 교수님은 자신이 출제한 예상 문제의 수준을 알아보기 위해 성적별로 손을 들어보게 했는데 어처구니없게도(정말 어처구니없다는 표현 외에는 적절한 말을 찾을 수 없을 정도로) 내가 네 번의 시험에서 모두 1등을 해버렸다. 그날따라 '찍신'이 내린 게 분명했지만 어쨌거나 이 수업 이후 하버 언니는 동동 언니에게 그랬던 것처럼 나를 의도적으로 피하기 시작했다. 옆자리인데도 눈길 한 번 주지 않았고 내가 먼저 인사를 건네도 못 들은 척 대꾸조차 없었다. 그런 언니의 태도에 영문도 모르고 쩔쩔매는 내 모습이 정말 멍청이 같았는지 '씨발 사건'의 당사자인 동동 언니가 나를 따로 불러내어 안쓰러운 눈길로 물었다.

"원도야, 너 생각이 있는 거니?"

"언니, 하버 언니가 요즘 저를 피하는데 왜 그러는지 모르겠어요."

"(이마를 짚으며) 야… 너 진짜 눈치가 없구나. 이 정도일 줄은…. (한동안 말을 잇지 못하다가) 그러게 하버 언니 옆자리를 왜 신청했어?"

"언니랑 친하니까, 또 제가 졸면 언니가 깨워주고 그러니까 별생각 없이 신청했죠."

"솔직히 말해서 나는 네가 하버 언니 옆자리 신청했을 때 이런 날이 올 줄 알았다. 내가 미리 말렸어야 했는데."

유쾌한 성격인 동동 언니가 짐짓 심각한 얼굴로 말을 이었다. "지금 네가 성적이 좋으니까 질투 나서 그러는 거야." 나는 언니의 말을 듣고 깜짝 놀랐다. 철저히 아니라 믿고 싶었다. 하버 언니는 나에게 있어서 고된 수험 생활을 함께 걷는 동료이자 길을 안내해주는 셰르파와 같은 존재인데. 내가 되고 싶은 어른의 모습을 갖춘 사람인데. 내가 알던 하버 언니는 성적이 잘 나오는 동생을 질투하는 유치한 사람이 아니라 모든 문제의 해답을 아는 한 명의 성인인데. 그럴 리 없다고 반박하는 내게 동동 언니는 눈치가 이렇게 없어서 험난한 세상을 어떻게 살아갈

지 걱정된다며 쓴웃음을 짓고는 자리로 되돌아갔다.

　　하버 언니에게 없는 존재 취급을 당한 지 수일이 지나자 슬슬 화가 나기 시작했다. 어떻게 이럴 수가 있지? 온종일 같은 교실에서 공부하는데, 심지어 특강은 옆자리인데, 수업이 끝난 뒤 달려가는 체력 학원도 같은데! 아예 쌩을 까는 이유가 뭐냐고! 언니의 태도를 이해할 수 없던 나는 이 상황을 해결해야겠다는 일념에 체력 학원으로 가는 버스에서 잽싸게 하버 언니의 옆자리를 잡았다. 내가 먼저 행동을 취할 거란 생각은 못 했는지 언니는 놀란 눈으로 나를 쳐다보다가 이내 고개를 돌렸고, 막상 옆에 앉긴 했지만 뭐라 말을 건넬 배짱까지는 없던 나도 입을 다물었다. 전쟁에서 대치 중인 군인들마냥 서로 침묵을 지키면서 숨 막히는 10분을 보냈다. 버스에서 내릴 때도, 같이 학원으로 걸어갈 때도, 체육복으로 갈아입기 위해 탈의실에 들어갈 때도 일언반구 없는 언니를 더 이상 두고 볼 수 없었다. 가까스로 "언니, 저한테 뭐 화난 거 있어요?"라고 묻는 순간, 내년치 용기까지 대출 받아 겨우 말을 건넨 그 초조한 순간, 하버 언니는 책으로 가득 찬 가방을 둔탁하게 내던지며 나를 향해 쏘아붙였다. "야! 니가 뭔데 나보다 성적이 더 잘 나와? 너 맨날 수업 때 졸잖아! 그래 놓고 왜 나보다 성적이 더 잘 나오냐고! 내가 너보다 훨씬 공부도 많이 하고 아는 것도 많은데! 니가 뭔데!"

니가 뭔데. 니가 뭔데! 언니의 분노에 정통으로 어퍼컷을 맞은 나는 정신을 차리지 못했고, 언니는 역에 도착한 KTX 열차처럼 끼이이익 마찰음을 내며 내 어깨를 탁 치고는 탈의실 밖으로 나가버렸다. 방금 내가 뭘 들은 거지. 목격자도 없어서 무슨 상황이 지나간 건지 물을 수도 없었다. 그렇게 한참이나 멍하게 서 있다가 20분이 지나서야 수업에 들어갔다. 언제부터 와 있었냐며 나를 챙기는 언니들 사이로 냉장고 구석에서 1년 만에 발견된 아이스크림보다 더 싸늘한 표정을 하고 내게 눈길조차 주지 않는 하버 언니가 보였다. 정신이 아찔해질 정도의 강도로 윗몸일으키기를 하고, 정녕 내 몸에 붙은 팔이 맞는 건지 끝없이 의심하며 팔굽혀펴기를 해도 "니가 뭔데!"라던 언니의 목소리가 귓가에서 떠나질 않았다. 들숨에 니가, 날숨에 뭔데. 후욱 니가, 후욱 뭔데. 후우욱 니가, 후욱 후욱 뭔데! 뚜껑 열리는 차, 고급진 표현으로 '컨버터블' 차량에는 겨울에도 오픈에어링 상태로 주행할 수 있도록 운전자의 몸 주위를 따뜻한 공기로 감싸주는 옵션이 있다고 한다. 그날 나의 옵션은 '니가 뭔데' 옵션이었다. 운동이 끝난 뒤 하버 언니는 그 누구와 어떤 말도 나누지 않은 채 돌덩이 같은 가방을 메고서 떠났고, 나도 짐을 챙겨 집으로 갔지만 나의 정신은 아까의 폭격 현장에 머물러 있었다.

그 상태로 며칠이 지났을까. 형법 특강이 끝나지 않았기 때문에 나는 여전히 하버 언니의 옆자리에 앉았지만 눈길을 주거나 대화를 나누는 일은 없었다. 프린트물을 나눠 줘야 할 때면 농구선수가 노룩패스를 하듯 어색하게 허공을 보며 종이를 건넬 뿐. 나는 탈의실에서 있었던 일을 다른 언니에게 말하지 않았다. 말해봐야 하버 언니만 욕먹을 게 뻔했고, 제3자가 개입한다고 한들 우리의 사이가 좋아지진 않을 테니까. 무엇보다, 이 상황은 당사자인 나 스스로 해결해야 한다는 오기 섞인 의지가 생겼으므로.

학원 건물 자체가 몹시 좁아 뭘 하든 하버 언니랑 마주칠 수밖에 없는 구조였다. 화장실을 가더라도, 옥상에 가더라도, 하다못해 자습을 하더라도 화장실이 고작 두 칸, 자습실은 단 하나였기 때문에 같은 부서에서 근무하는 직장 동료처럼 동선이 겹쳤다. 그러다 하버 언니에게서 문자가 한 통 왔다. '내가 예민해서 그랬는데 네가 이해하라'는 내용의 짤막한 문자였다. 몇 줄의 문장을 보면서 나는 내 안의 흔들리던 댐이 와르르 무너지는 소리를 들었다. 미안하다고 사과하는 것도 아니고, 본인이 그렇게 행동한 데에는 어쨌든 이유가 있으니 어린 네가 이해하라고 윽박지르는 것은 어른스럽던 하버 언니답지 않았다. 아, 어쩌면 이게 언니의 본모습일 수도 있겠구나. 그동안 다른 언니들이 하버 언니를 두고 '허세가 심하다' '너무 어른스러운 척을 해서 웃길 때가 있다' 같은 말을 할 때 동감하지 못했는데, 정말이었구나. 어른인 척하는 한낱 애일 뿐이구나. 내가 눈치코치옆치가 없어서, 아니 그저 하버 언니의 모습을 있는 그대로 믿고 싶은 순수한 애정으로 지내온 것인데, 굳이 그럴 필요가 없겠구나. 법대 졸업생인 언니가 고졸인 나를 은근히 무시하는 건 느끼고 있었다. 그런데 이 정도까지 나를 낮게 보고 있을 줄은 몰랐다. 댐을 무너뜨리는 건 쥐구멍 하나로도 족한 법이거늘 그 문자 메시지는 맨홀 수준이었고, 우리가 함께 써내려간 순간들은 단어 하나하나 모두 조각난 채 하수구를 향해 추락했다. 그걸 다시 주워 담아야겠다는 생각조차 들지 않는, 어찌 보면 완벽한 이별이었다.

나는 하버 언니보다 먼저 합격했다. 함께 공부하던 이들이 대부분 합격한 뒤 자습실에 혼자 남게 된 하버 언니의 책가방은 더욱 무거워져서 가방끈이 가방 무게를 감당하는 게 불가능해 보였고, 체구가 작은 언니가 걸어갈 때면 사람이 걸어가는 건지 책에 잡아먹힌 건지 분간이 되지 않을 지경이었다. 나의 합격 소식을 듣고 언니는 책상을 쾅쾅 두드리며 욕을 내뱉었을까. 언니와 관계가 틀어지긴 했지만, 나는 진심으로 언니가 나보다 먼저 합격할 줄 알았다. 아니, 그렇게 되는 게 당연한 순리라고 생각했다. 공부 양으로 보나 가진 지식으로 보나 투자하는 노력으로 보나 하버 언니가 나보다 월등하게 앞섰기 때문이다.

학원에서 한 가지 느낀 점은, 공무원 시험이 아무리 어렵게 출제되고 응시자가 많다고 한들 어느 정도의 선만 넘으면 공부를 시작한 순서대로 합격한다는 것이다. 이 '선'이라는 게 눈에 보이는 것도 아니고 체감되는 것도 아니며 합격을 하고 나서야 비로소 어렴풋이 드는 느낌적인 느낌이기 때문에 선뜻 이해되지 않겠지만, 겪어본 사람이라면 이 말이 어떤 의미인지 알 것이다. 공부에 왕도는 없고 사람마다 가진 능력과 환경이 다르므로 방향을 못 잡고 헤매다 겨우 선을 넘는 사람도 있고, 학창 시절부터 자신만의 공부 스타일을 구축해온 덕에 객관식 시험에 내반 어느 정도의 요령을 터득하여 보다 쉽고 빠르게 선을 넘는 사람도 있다. 그런 특별한 경우를 제외하고는 대부분 합격 시기가 비슷하다. 나 역시 같이 공부한 언니들 상당수와 합격 시기가 비슷하고, 오히려 내가 합격의 막차를 탄 편이다. 그런데 그 막차에도 하버 언니가 탑승하지 못한 것은 굉장히 충격적이었다. 함께 열정을 불태우던 언니들이 차례대로 합격하는 순간부터 하버 언니의 성적은 하락세를 찍었다. 그러자 언니는 공부 시간을 더욱 늘려 자습실의 망부석이 되어갔지만 성적은 떨어지기만 했다. 나는 '니가 뭔데' 옵션과 휴대전화 문자 사건으로 언니와 완전히 이별하고 나서야 언니가 몰락한 원인을 알았다. 지금 언니는 스스로의 감정에 잡아먹혔구나. 언니를 나락으로 떨어뜨린 건 외부적 요인이 아니라 자기 자신이구나. 누가 말한다고 고쳐질 문제가 아니라, 언니 스스로 깨닫고 꽉 쥔 주먹을 풀어야만 그 벌어진 틈새로 합격을 쥘 수 있겠구나.

결론부터 말하면, 내가 합격한 뒤 곧바로 하버 언니도 합격했다. 어찌 됐든 마지막까지 우는 사람 은 없었다. 언젠가 기회가 된다면 언니에게 묻고 싶 은 말이 있다. 나는 언니에게 뭐였는지. 언니 말대로 언니에게 나는 뭔데. 그리고 그런 모진 말을 내뱉은 언니는 뭔데. 언니는 나에게 뭔데, 뭐였는데, 도대 체. 다른 사람에게는 자존심 상해서 하지 못하는 이 야기들을 나에게 한숨 쉬듯 털어놓던 언니를 기억하 는데. 가정 형편이 많이 기울어서 언제까지 시험 준 비를 할 수 있을지 모르겠다던 언니의 고민을, 특강 들을 돈이 없어서 그렇게 좋아하던 담배도 아껴가며 모은 돈으로 수업을 신청하던 언니의 뒷모습을 아 직 잊지 못했는데. 솔직히 말해서 나에게 상처를 줬 던 언니가 마냥 밉지만은 않았어. 그냥 안타까웠지. 언니도 나도 모두 피해자였어. 언니가 좀 더 여유로 운 상황이었다면 그렇게까지 자신을 절벽 끝으로 몰 아세웠을 리도, 한참 어린 동생에게 바닥을 보일 일 도 없었을 거라고 믿으니까. 옥상에서 서로의 어깨 를 나란히 하고 앉아 경찰이 되면 어떻게 살고 싶은

지 상상하며 검은 풍경 속 파랑새를 바라보던 순간을 지금도 어렵지 않게 떠올리곤 하니까.

조심히 가요! 매일 학원 앞에서 헤어지며 언니에게 건넨 인사였다. 언니는 손을 휘휘 저으며 멀어졌다. 책으로 가득 찬 가방에 가려 언니의 뒤통수가 보이지 않았다. 언니를 집어삼킨 가방이 조금만 더 가벼웠다면, 매일같이 언니를 데리러 왔던 언니의 아버지가 공부를 그만두라는 무언의 압박을 하지 않았다면 우리의 결말이 달라질 수도 있었을 텐데. 하버 언니가 지금은 부디 행복하기를. 뭐가 되고 싶냐는 질문에 멋진 어른이 되고 싶다던 과거의 답변처럼 그때보다 여유로운 사람이 되어 있길 바란다. 자신을 바닥으로 몰아가는 환경에서 꼭 벗어났기를. 스스로의 힘으로 바꿀 수 있는 건 얼마든지 바꾸면서 지내기를 진심으로 바라며, '하버 언니'로 시작하는 문장에 이제 그만 마침표를 찍으려 한다.

언니, 그래도 담배는 좀만 줄여요!

강 언니

언니가 나에게 처음 건넨 말은 시를 추천해달라는 것이었다. 수업 중에는 숙면을 취한 뒤 쉬는 시간이 되어서야 일어나 나른히 시집을 읽던 나를 유심히 본 모양이었다. 평소 좋아하는 시들을 필사해놓은 공책을 언니에게 빌려준 것이 인연이 되어, 언니는 내가 만든 교환일기모임 '비움'에 가입까지 했다. '비움'은 근심이나 걱정은 교환일기를 쓰며 비우자는 뜻의 소모임인데, 언니가 일기장에 처음으로 쓴 문장은 이랬다.

"저는 강한 사람이 아닙니다. 그렇지만 환경이 저를 강하게 만든 것 같습니다. 저는 식물을 좋아합니다. 저는 4남매 중 셋째입니다."

이름이 적혀 있지 않았다면 언니가 쓴 글이라고는 생각도 하지 못했을 몇 개의 문장이 오래도록 마음에 남았다.

강 언니는 180센티미터 가까운 키에 건장한 체격, 커다랗고 아름다운 손을 가진 사람이었다. 배구선수 김연경을 떠올리게 하는 리더십과 타인에 대한 세심한 배려가 행동 하나하나에 깃들어 있는 사람.

그러나 언니가 마냥 강하기만 한 사람이었다면 이토록 잔상이 진하게 남진 않았을 것이다. 언니에게는 선한 사람한테서 느껴지는 특유의 슬픔 같은 게 있었다. 늘 슬픔을 껴안고 사는 사람은 같은 처지에 놓인 사람을 쉬이 알아본다. 나에게 언니는 그런 존재였다. 비슷한 결의 슬픔을 가진 사람. 그럼에도 지난 한 세월을 꿋꿋이 지나온 사람. 언니에 대해 좀 더 알고 싶어졌다. 자신의 이야기를 털어놓으며 끝내 눈물을 보이고 만 언니, 눈가에 매달린 눈물이 떨어지지 않게 입술을 꽉 물고 덤덤히 이야기를 이어가던 언니가 보고 싶어 무작정 언니의 자취방으로 향했다.

당시 강 언니는 바쁘기로 손에 꼽히는 서울의 한 파출소에서 일하고 있었는데, 내가 찾아간 날이 하필 야간 근무일이었다. 언니가 둥지를 튼 곳은 승강기가 없고, 대신 중간층에 노래방이 있는 다소 특이한 구조의 건물이었다. 그런데 막상 언니의 자취방에 들어가 보니 바로 직전까지 지나온 건물의 모습과는 전혀 다른 풍경이 펼쳐졌다. 벽 곳곳에 깔끔하게 장식된 공기정화용 식물, 벙커형 침대에 가지런히 놓인 침구와 각종 법전이 눈에 띄었고, 한쪽 바닥에선 단정하게 펼쳐진 요가 매트가 주인의 손길을 기다리고 있었다. 공간만 봤을 뿐인데도 강 언니가 생활하는 모습이 홀로그램처럼 곳곳에 그려졌다. 언니가 꽃집에 들러 알뜰살뜰히 식물을 고르고 큰 키를 이용해 정성껏 벽에 장식하는, 요가 매트를 펼친 뒤 몸을 쭉쭉 늘리며 야간 근무의 고단함을 씻어내는, 시간을 쪼개 책상에 앉아 법 과목을 공부하는, 침대에 누워 낮은 천장을 쳐다보며 하루를 마감하는 모습이 그려졌다. 혼자, 그것도 냉정한 구석이 꽤 많은 서울에서 자리를 잡는다는 게 쉬운 일이 아닐 텐데 언니의 공간 속에는 현실의 고단함과 그럼에도 나아질 날을 위해 노력하는 희망이 사이좋게 둘러앉아 도란도란 이야기를 나누는 듯했다. 이 공간의 온기가 꺼지지 않기를 진심으로 소망했다.

언니 없는 언니 집에 드러누워 에어컨 바람을 쐬며 인간의 강인함에 대해 생각했다. 동시에 선함에 대해서도. 강함과 선함. 나란히 쓸 수 있는 단어일까. 경찰관이 되기 전까지 강한 사람이란 정말 말 그대로 힘이 센 사람이거나 드라마와 영화에 흔히 등장하는 인물처럼 불의를 참지 못하고 옳은 일이라면 불구덩이에도 뛰어드는 사람이라 단정했다. 하지만 현실은 어떠한가. 무슨 일이든 일어날 수 있는 스크린 속을, 어떤 말이든 얹기 쉬운 휴대전화 액정 속을 벗어나 진짜 현실에서 마주하는 진정으로 강한 사람은 딱 한 발자국만큼만 앞으로 가는 사람이다. 어떤 풍파에도 흔들리지 않고 굳건히 앞만 보고 가는 장군 같은 사람이 아니다. 가끔 현실에 타협하고 자주 자괴감에 시달리면서도 어떻게든 옳은 방향을 향해 엔진 없는 오리 배의 페달을 낑낑거리며 밟는 사람이다. 악을 쓰고 욕을 하면서도 결국엔 가슴이 시키는 정의를 따르는 사람이다. 실제로 나는 보았다. 횡단보도를 건너는 사람이 없는데도 멈추고서 뒤차들이 경적 소리로 합창을 해도 보행등의 초록불이 꺼질 때까지 기다리는 사람, 바삐 걷는 와중에 길에서 울고 있는 아이를 외면하지 않고 다가가 무슨 일이냐 묻는 사람, 일회용 쓰레기를 줄이기 위해 귀찮아도 꼭 개인용 텀블러를 갖고 다니는 사람, 작은 돈이라도 수순히 기부하는 사람, 한동안 보이지 않는 이웃이 걱정돼 혼자 오버하는 걸까 짐짓 걱정하면서도 기어코 그 집 문을 두드리며 안부를 확인하는 사람, 버스나 지하철에서 임신부와 장애인 같은 교통 약자에게 자리를 양보하는 사람, 멀리서 뛰어오는 누군가를 위해 문을 잡아주는 사람, 승객이 모두 앉은 걸 확인하고서야 버스를 출발시키는 사람, 시간을 내어 타인의 이야기를 들어주는 사람, 영화관 옆 좌석의 누군가가 코를 훌쩍일 때 마침 갖고 있던 휴지 몇 장을 건네는 사람, 불편함을 느끼는 타인을 위해 조심스레 개선책을 제안하는 사람, 국민청원 링크에 동의 버튼을 누르고 널리 공유하는 사람…. 이 모든 이가 나에겐 강한 사람, 동시에 선한 사람이다.

한 사람을 죽이고 살리는 데는 생각보다 큰 힘이 들지 않는다. 아주 사소한 것으로도 누군가를 죽일 수도 살릴 수도 있다. 그와 관련해 내겐 잊히지 않는 일화가 하나 있다. 파출소에 첫 실습을 나와 아무것도 모를 때, 생애 처음 출근이란 걸 했을 때의 일이다. 나는 잔뜩 몸이 굳은 채 시키는 일만 하는 로봇처럼 앉아 있었는데 형사 두 분이 사건 조사차 방문했고, 그들을 위해 팀장님이 나에게 커피 두 잔을 타 오리고 했다. 멍청한 표정으로 섬수기 앞에 선 나는 급격히 당황했다. 꼭지가 빨간색 파란색으로 칠해진, 육안으로도 물의 온도를 구별할 수 있는 구식 정수기만 써봤지, 파출소에 설치된 것과 같은 전자식 정수기는 써본 적이 없었기 때문이다. 나는 땀을 뻘뻘 흘리며 아무 버튼이나 누르다 결국 찬물을 받고 말았고, 녹지 않은 커피믹스 가루가 종이컵 위로 나의 절망과 함께 둥둥 떠올랐다. 울고 싶어질 때쯤, 형사 한 분이 다가왔다. 나보다 3년 선배였던 그는 반쯤 흘러내린 내 표정과 종이컵을 번갈아 보더니 "아이고, 제가 타야 하는데! 반장님, 잘 마실게요" 썩썩하게 외친 뒤 프림이 둥둥 떠다니는 커피를 내 앞에서 원샷했다. 그러고는 나를 향해 활짝 웃었다. 아주 짧은 순간 일어난 일이지만 어제 본 영화처럼 지금도 똑똑히 기억하고 있다. 찰나의 친절이 누군가에겐 뼈에 각인될 만큼 큰 의미로 남을 수 있는 일이다. 이후 나는 경찰서에서 그 선배를 마주칠 때마다 그때 일을 떠올리며 그의 승승장구를 응원했고, 그가 승진을 하던 날엔 속으로 나만의 19단짜리 화환을 보내 진심으로 축하했다. 나와 가까이 있는 영웅은 평범한 일상에서 좋은 쪽으로 한발 나아가는, 이처럼 선한 사람이다. 그리고 나는 이런 사람이 진정 강한 사람이라 믿는다.

야간 근무를 마친 뒤 토끼 눈으로 집에 돌아온 강 언니는 기어코 나를 집 근처 맛집에 데려갔고, 후식까지 야무지게 먹이고 나서야 마음을 내려놓았다.

밤을 꼬박 새우는 야간 근무를 하고 나서 한숨도 자지 않고 다른 일정을 소화하는 게 얼마나 힘든 일인지 나도 해봐서 안다. 사무치게 잘 안다. 서울까지 왔는데 더 좋은 곳에 데려가주지 못해 미안하다던 언니는 2019년 8월 생애 처음이자 (아마도) 마지막이 될 『경찰관속으로』 북토크 행사가 있던 날, 나를 보러 기꺼이 인천 송도까지 와주었다. 비마저 추적추적 내렸는데 그런 건 아무래도 상관없다는 듯 언니는 나를 보며 활짝 웃었다. 선하고도 강한 미소였다.

나는 선한 사람이 잘되기를 바란다. 현실의 영웅들이, 그들이 쥐어짜낸 용기만큼 합당한 무언가를 꼭 받기를 바란다. 즉각적인 보상은 아니라도, 조금씩 삶이 나아지고 있다는 막연한 희망이라도 얻길 바란다. 그런 보잘것없는 믿음이라도 있어야 나도 누군가의 영웅이 될 수 있을 테니까. 아무것도 모르는 신입이 저지른 실수를 호쾌하게 웃어넘겨주는 선배가 될 수 있으니까. 훗날 동생이 생겼을 때 언니로서 하룻밤 걱정 없이 묵고 갈 수 있는 안식처를 제공해줄 수 있으니까. 동기들의 안위를 살피고 동생의 마음을 안아준 강 언니가, 퇴근 후 짬을 내어 가죽

공방에 다닌다는 언니가 있는 힘껏 행복했으면 좋
겠다. 가죽을 덧대어 실로 꿰매듯 언니의 꿈과 희망
을 살뜰히 꿰매 촘촘하고도 튼튼한 삶을 살기를 바
란다.

동생은 어려워

책 한 권을 쓸 만큼 언니로 점철된 인생을 살다 보니, 어쩌다 친한 동생이 생기면 그렇게 어려울 수가 없다. 동생에게 안부 문자 한 통 보내는 게 상사에게 직접 기안한 공문을 결재받으러 가는 일보다 더 힘겹게 느껴지기도 한다. 지금까지 친분을 유지하고 있는 동생이라곤 고작 나보다 한 살 어린 왕후장상뿐이지만, 그것이 내가 감당할 수 있는 동생 숫자의 최대치인 것 같다. 막내로 태어났으니 어려서부터 동생이 없었고, 학창 시절에 별다른 부서 활동도 하지 않아 후배는 가져본 적 없으며, 대학에서 취득한 평균 학점이 내 시력보다 낮은 0.6이라는 사실은 원만한 학과 생활은커녕 출석조차 제대로 하지 않은 은둔형이었다는 걸 보여준다. 때문에 학과 후배나 동아리 후배가 생길 가능성조차 없었으니, 어느 날 하늘에서 뚝 떨어진 동생의 존재가 얼마나 부담스러웠겠는가. 더군다나 내가 추종하는 언니들은 대부분 정말 '언니'의 역할을 완벽히 수행하는 유토피아적 인물이므로, 훗날 생길 동생들에게 그런 언니의 모습을 보여줘야 한다는 혼자만의 부담감이 나를 짓눌렀다. 그래서 동생이라는 존재의 이름만 들어도 불편하고 갑자기 목이 타들어가며 두 손을 어디에 둬야 할지 난감해지는 지경에 이르렀다.

왕후장상은 중앙경찰학교 시절 같은 방을 쓰던 동기 중 한 명인데, (비록 한 살 차이지만) 나이는 나보다 어려도 집안에서 장녀 노릇을 해서 그런지 행동거지나 사고의 깊이는 곱절로 어른스러웠다. 아, 이것이 경상도 장녀의 힘이란 말인가! 잘해줘야겠다는 생각이 스멀스멀 피어오름과 동시에 부담감이라는 화산이 폭발했고, 나는 왕후장상 앞에만 서면 연애편지를 뒤춤에 숨긴 사람처럼 어쩔 줄 몰라 했다.

"언니, 동생한텐 어떻게 하면 돼요? 정말 미치겠어요."

"그냥 사람 대하듯 하면 되지."

"그게 말처럼 잘 안 되네요. 저한테 동생은 사람도 아닌가봐요."

언니들에게 고민을 털어놔도 돌아오는 답은 늘 시큰둥했다. 그렇게 '좋은 언니 되는 법'을 깨우치지 못하는 사이 왕후장상과는 갈수록 불편해져만 갔고, 급기야 그가 나에게 "언니는 나를 왜 그렇게 애취급해요?"라는 볼멘소리를 해올 정도가 되었다. 동생을 어떻게 대해야 할지 몰라 내 딴엔 그저 배려만 했더니, 그게 왕후장상 입장에서는 자신을 무시하는 것처럼 느껴진 모양이었다. 다행히 얼마간의 대화로 오해는 풀었지만 그 후로 나는 동생을 대하기가 어렵다 못해 두렵기까지 했고, 그럴수록 언니들에 대한 경외감은 한층 더 깊어졌다. 그들은 어떻게 적정한 선을 지키면서 나를 그토록 예뻐할 수 있는 걸까? 나는 죽었다가 깨어나도 그런 언니는 되지 못할 거라는 자괴감이 마음 정중앙에 운석처럼 박혀버리고 말았다.

경찰서에서는 후배 여경들의 나이가 나보다 많아 용케 3년간 막내의 자리를 지켰다. 그러다 덜컥 나이가 어린 '진짜 후배'가 들어온 날, 전에 느꼈던 공포감이 다시금 활개를 치기 시작했다. 후배 여경 중 재룡이라는 친구는 나에게 궁금한 점이 많았는지 하루 면담을 제안했다. 그와 무슨 얘기를 해야 할지 몰라 예상 가능한 시나리오를 서른두 개쯤 만든 뒤 약속 장소에 나갔다. 재룡이가 나한테 말끝마다 언니, 언니 하는 게 너무 이상하고 낯간지러웠다. '언니' 소리를 천년 동안 들어도 적응되지 않을 것만 같았다. 어린 나이에 입사한 재룡이가 지금쯤 무슨 고민에 빠져 있을지 잘 알기에 진심 어린 조언을 해주고 싶었지만 꼰대같이 느껴질까봐 입술조차 떨어지지 않았다. 2차로 칵테일 전문점에 갔다. 어색한 분위기에서 나도 모르게 앞에 놓인 기본 안주만 흡입하다가 리필을 다섯 번이나 했다. 이거 완전 소개팅 날려먹은 사람이 된 기분이군. 그로부터 1년쯤 지났을 때, 길에서 우연히 만난 재롱이가 자기 차로 나를 목적지까지 태워주었다. 내가 처음 운전하는 모습을 본 언니들의 마음이 이랬을까. 차 안에서, 예전보다는 훨씬 편안해진 분위기를 느꼈다. 시간이 모든 걸 해결해준다고 생각하지는 않는다. 다만 도통 풀릴 것 같지 않은 문제의 해답은 시간일 때가 많다.

난 여전히 언니들에게 많은 것을 의존한다. 힘든 일이 생겼을 때, 결단이 필요할 때, 쓸데없는 말이 하고 싶을 때, 문득 그냥 징징거리고 싶을 때면 어김없이 언니들을 찾는다. 작년 크리스마스를 며칠 앞둔 날이었을 거다. 다음 날이 24시간 당직이어서 일찍 잘 준비를 하는데 전화가 한 통 왔다. 친구가 죽었다는 연락이었다. 사실 경찰관으로 일하면서 타인의 부고는 너무도 많이 접했다. 힘내세요, 이겨내야죠, 고인의 명복을 빕니다. 입김에도 날아갈 만큼 가벼운 말을 참 많이도 뱉어왔다. 목 놓아 울던 유가족에게 티슈를 건네면서 퇴근할 시간을 헤아리던 과거의 나에 대한 속죄를 하고 싶었다. 시빌 언니에게 전화를 걸었다. 당장 떠오르는 사람이 언니뿐이었다. 사정을 들은 언니는 내가 당장 해야 할 일의 순서를 조곤조곤 알려주었다. 형사 쪽에서 해당 사건을 어떤 절차로 마무리하는지, 시간이 꽤 걸릴지도 모른다는 것과 팀장님께 전화해 내일 하루 연가를 써야겠다고 말씀드리라는 것, 혹시나 연가를 못 쓰게 한다면 그 부서에 정 붙이지 말라는 것, 친구 장례식도 못 가게 하는 사람 밑에서 일 할 필요는 없다고…. 난 언니가 가르쳐준 대로 움직였고 팀장님께 휴가 승인을 받은 뒤 무사히 장례식장에 갈 수 있었다. 내 앞에 육개장이 놓였지만 차마 먹지는 못했다. 왜 우리의 마지막 대화가 '밥 한번 먹자'였는지. 친구와 조만간 먹기로 한 밥은 이제 영원히 먹을 수 없을 것이다.

이렇듯 동생이 힘든 순간을 맞이했을 때 길잡이가 되어주거니 사소한 위로라도 건넬 수 있는 언니의 자질을 나는 언제쯤 갖출 수 있을지 자주 생각한다. 아무래도 힘들 것 같다. 하지만 간혹 왕후장상에게 전화가 오면, 그 목소리에 물기가 배어 있는 게 느껴질 때면 내가 마냥 쓸모없는 언니만은 아니구나, 얘가 나한테 무슨 말이라도 하고 싶긴 한가보구나 싶다. 나랑 전화하니 속이 다 풀린다며 호탕하게 웃는 왕후장상을 위해 나는 펼쳐놓은 일기장처럼 그의 하루 일과를 들어주었다. 그는 끝끝내 울고 있다거나 슬프다는 말을 하지 않았다. 전화를 끊고 나니 후회스러웠다. 혹시 지금 울고 있냐고, 많이 힘드냐고, 힘들면 얼마든지 울어도 된다고, 나는 너의 마음이 많이 궁금하니까 종일 수다를 떨어도 된다고 말해줄 걸 그랬나. 왕후장상은 별 이유 없이 전화를 걸었을 수도 있다. 그냥 길을 걷다 문득 내 생각이 난 것인지도 모른다. 내가 그에게 좋은 언니인지는 그만이 알겠지만, 사랑은 내리사랑이니 언니들보단 동생들에게 더 마음을 쏟으라는 어느 언니의 말을 나는 이제야 조금 알 것도 같다.

태초에 언니가 있었다

태어나보니 언니가 있었다. 나의 태초에 존재했던 언니, 나보다 여덟 살이 많은 언니, 정작 나는 생각 나지 않는 내 어린 시절을 또렷이 기억하며 20년이 넘도록 놀려먹는 친언니가 있다.

언니는 엄마에게 늘 여동생이 갖고 싶다는 말을 했다고 한다. 남동생은 필요 없으니 무조건 여동생을 만들어달라고 떼를 썼단다. 엄마가 나를 가졌을 때, 집안 사람 모두 나의 힘찬 발차기에 분명 아들이라며 장군감이 나올 거라는 헛된 기대를 가득 품었지만, 언니는 여동생이 틀림없다며 홀로 맞섰다고 한다. 그러다 내가 세상에 나온 날, 아들이라 믿어 의심치 않았던 집안 어른들은 여자아기를 낳았다는 난데없는 비보에 큰 충격을 받았고, 심지어 외할머니는 뒷목을 잡고 쓰러지는 지경에 이르렀다. 나는 그렇게 언니만이 진심으로 기뻐해주는 탄생의 순간을 맞았다.

언니에 대한 나의 감정은 굉장히 복잡하다. 입체도 이런 입체가 없다. 다른 사람에 대한 감정이 오각형쯤 된다면 언니에게 느끼는 감정은 삼십구각형 정도 된다. 벗어날 수 없는 가족으로 묶인 나는 그 사실을 오롯이 감내해야 하는데, 이게 참 어렵다. 서로가 아무리 선을 넘더라도 끊어낼 수 없기에 각자 최선을 다하지 않아도 별일 없는 한 평생 유지될 관계라는 점, 게다가 한집에서 이 꼴 저 꼴 못 볼 꼴을 실시간 라이브로 지켜보며 함께 자랐다는 점에서 사회에서 만나 관계 유지를 위해 지속적으로 노력해온 다른 언니들과는 근본적인 차이가 있다.

언니가 결혼하기 전까지 약 20년간 함께 살면서 우리 사이에 있었던 일을 떠올려보면 유독 파편적인 기억이 많다. 해결하지 않아도 지지부진하게 넘길 수 있었고, 꼭 사과의 말이나 화해를 하지 않아도 어찌 됐든 굴러는 가는 상황에서 굳이 마무리를 지으려 노력한 적이 없던 탓이다. 갈등이든 애정이든 뭐든 간에. 언니는 내게 만화책 『명탐정 코난』 같다. 완결이 날 듯 수십 년째 이어지고 있는. 완결이 날 거라 기대하며 책을 사 모으다 50권이 넘어갈 때부터는 포기한 채 간간히 시리즈에 대한 소식만 듣고 있는. 언젠가 끝은 나겠지만 처음부터 한 권씩 다시 읽어나갈 애정은 남아 있지 않은. 아니, 애정은 있지만 그것을 뒷받침할 또 다른 애정이 부족한 상태라고나 할까. 나도 나를 먹여 살리는 데 바쁘고 언니도 새로 생긴 가족을 챙기느라 바쁘니까, 라고 대충 말해보지만 완벽한 해답은 되지 못한다.

보통 자매들은 성장하면서 옷이나 화장품으로 많이 다툰다고 한다. 특히 나이 차이가 얼마 나지 않는 경우엔 공유하는 아이템이 많아지면서 싸움의 빈도가 잦아진다고 하는데, 나와 언니는 나이 차이도 많이 날뿐더러 서로 추구하는 스타일도 완전히 달랐기 때문에 그런 종류의 다툼은 딱 한 번뿐이었다. 엄마가 나에게 웬일로 푸마 후드티를 사준 게 사건의 발단이었다. 뉴 아이템에 신이 난 나는 애써 친구와 약속을 잡은 뒤 그날을 위해 후드티를 고이 모셔놨는데, 당일이 되자 별안간 옷이 보이지 않았다. 이런 사정을 몰랐던 언니가 나에게 말도 없이 입고 나간 것이다. 나는 그때 반쯤 미친 사람처럼 길길이 날뛰었다. 지구상에서 언니가 가장 미웠다. 결국 나를 달래기 위한 엄마의 연락을 받고 놀던 도중 귀가한 언니는 화를 내며 옷을 집어던졌는데, 이상하게 그 옷을 받자마자 입고 나가기 싫어졌다. 사실 옷이 하나만 있는 것도 아닌데 다른 옷을 입고 외출한 뒤 언니에게 잔소리 몇 번 하면 그만인 일이었다. 지금 돌이켜보면, 나는 새 옷보다 엄마가 나에게 새 옷을 사줬다는 사실이 더 좋았던 것 같다. 첫째인 데다가 당시 아빠의 사업이 잘 풀려 모든 물건을 새것으로 받은 언니와 달리, IMF를 기점으로 아빠의 사업이 내리막길을 걷기 시작한 때에 셋째로 나고 자란 나는 새 물건을 써본 일이 거의 없었다. 첫째가 해달라는 건 다 해줬던 부모님도 셋째쯤 되자 적당히 무시할 건 무시하고 협상할 건 협상하면서 나의 요구를 묵살했다. 그런 역사 속에 오랜만에 쟁취한 새 물건을 그간 누릴 거 다 누려온 언니가 말도 없이 가져간 데 분통을 터뜨리던 어린 날의 내 모습은 퍽 꼴불견이었으리라. 몇 년 전 옷장 정리를 하면서 그 후드티를 버렸다. 세탁을 많이 해서 후줄근해진 푸마가 꼭 물에 빠진 고양이처럼 보였다. 과거의 나에게, 지금 네가 입기 위해 한 마리 푸마처럼 맹렬히 날뛰는 이 옷을 네 손으로 아무렇지 않게 버리게 된다고 말한다면 과거의 나는 어떤 표정을 지을까.

중학생 때 언니에게 학교에서 따돌림당하는 이야기를 털어놓은 적이 있다. 당시 나는 학교폭력으로 힘든 시간을 보내던 중이었다. 부모님에게는 차마 말을 못 하겠고, 그나마 언니한테는 할 수 있을 것 같았다. 그래서 차오르는 눈물을 애써 감추며 겨우 현재의 상황을 이야기했는데, 언니는 내 이야기를 듣자마자 돌연 화를 내면서 네가 그러니까 왕따를 당하는 거라고 짜증스럽게 말했다. 너무 놀랐다. 길을 걷는데 난데없이 자동차가 치고 간 것 같은 충격이 몰려왔다. 당시 대학교 졸업반이던 언니에게 개인적으로 무슨 일이 있었는지, 유독 그날따라 기분이 나빴던 건지 모르겠다. 아무리 그렇다고 해도 이해할 수 없었다. 내가 아는 언니는 자기가 손해를 입으면 입었지 남에게 싫은 소리를 하지 않는 사람이었는데. 그날 언니는 동생에게 왜 그렇게 아픈 말을 했을까. 남이 아니라서 그랬나. 지금도 궁금하지만 굳이 물어보고 싶지는 않다. 가족 사이에는 적당히 묻고 넘어가야 유지되는 평화 같은 것이 있으니까. 어쨌거나 이 일 이후 나는 언니에게 학교생활에 대한 얘기를 일절 꺼내지 않았는데 언니는 가끔 그 이야기를 꺼냈다. 나에게 나쁜 짓을 한 아이들은 인생이 뜻대로 풀리지 않을 거라며 뒤늦게 저주를 퍼부었다. 내내 신경이 쓰이긴 했나보다. 니는 별다른 대꾸를 하지 않았다.

부모님은 언니를 '곰'이라고 불렀다. 원체 말이 없고 감정 표현도 희미해서 붙여진 별명이다. 그 정도로 말이 없던 언니가 자기주장을 강력하게 펼쳤던 때도 있긴 있었다. 초등학교에 들어가기 전부터 피아노를 배우기 시작한 언니는 고등학생이 될 때까지도 그만두지 않았다. 평균적인 크기를 한참 밑도는 작은 손으로 한 옥타브 반까지 한번에 칠 수 있는 건 언니의 피나는 노력이 있었기에 가능한 일이었다. 당연히 음대로 진학하려던 언니는 부모님의 반대에 부딪혔다. 부모님은 음대 나와 봐야 뭘 먹고 살겠냐는 이유로, 보다 더 솔직해지자면 큰돈 들 일이 지속적으로 이어지는 음악 활동을 뒷받침해줄 수 없다는 진짜 이유로 반대했다. 부모님은 아픈 오빠를 돌보느라 언니의 꿈까지 챙겨줄 처지가 아니었다. 며칠간 언니와 부모님 사이에서 폭격 같은 고성이 오갔다. 결국 장녀라는 이유로 희생을 강요당한 언니는 잠자려고 누운 캄캄한 방에서 천장에 붙은 야광별 스티커를 보다가 눈물을 뚝뚝 흘리며 말했다. "난 이 집구석을 꼭 벗어나고 말 거야." 언니가 초등학생 때 의자를 밟고 올라가 붙인 야광별 스티커는 떨어질 듯 말 듯 아슬아슬하게 매달려 있었다. 어둠이 찾아와도 빛을 내지 못한 지 오래였다.

끝끝내 뜻을 이루지 못한 언니는 결국 공대로

진학했고, 전공과 아무 상관 없는 회사에 들어갔다. 어차피 그럴 거면 음대에 갔어도 괜찮지 않았을까. 그러던 중 언니에게 또 한 번의 기회가 찾아왔다. 우리나라에서 손꼽히는 음악평론가에게 스카우트 제의를 받은 것이다. 음악의 끈을 놓지 않은 채 혼자 알음알음 활동하며 인디 가수의 앨범 편집에도 참여하는 등 자기만의 포트폴리오를 쌓고 있던 언니가 그 사람 눈에 든 모양이었다. 그러나 이번에도 부모님은 허락하지 않았다. 해당 제의를 수락할 경우 당장 서울로 가야 하는데 아무런 연고도 없는 곳에 딸 혼자 보낼 수는 없다고 했다. 무엇보다 2년 동안 무급이라는 조건이 문제였다. 언니는 원래 그쪽 생태계가 그렇다며, 당장 돈을 못 번다는 사실보다는 2년 동안 전문가의 가르침을 받으며 성장할 모습에 초점을 맞춰야 한다고 항변했으나 부모님은 요지부동이었다. 음악평론가라는 직업에 대한 무지함과 서울이라는 도시에 대한 막연한 두려움도 반대에 한몫했을 것이다. 부모님은 지금도 서울은 눈 뜨고 코 베이는 곳이라고, 사람 살 곳이 못 된다고 하는 분들이다. 언니는 또 한 번 자신의 길을 걷는 데 실패했지만, 오래전 그날처럼 내 앞에서 울지는 않았다. 그저 서서히 표정을 잃어갔다. 동굴 같은 집 안에서 언니는 점점 더 진짜 곰이 되어갔다.

　　언니는 나에게 있어 자매와 부모, 그 사이 어
디쯤의 존재였다. 두 분이 오빠를 돌보느라 바쁜 탓
에 집에는 늘 커다란 구멍이 있었으니까. 어쩌면 언
니와 나는 함께 그 구멍을 메우려 노력한 전우와도
같다. 집안의 평온을 유지하기 위해 늘 촉각을 곤두
세워야만 했다. 부모님의 신경이 자신에게까지 오지
않도록 노력하는 데 학창 시절의 대부분을 할애했
다. 장녀였던 언니는 집안일까지 도맡는 동시에 부
모님의 보살핌이 부족했던 여동생의 허전함도 채워
주려 애썼다. 고3 진로상담에도 부모님 대신 언니가
참석했다. 형제자매가 온 건 전교생 중 나뿐이었다.
담임선생님은 나의 중간고사 수학 점수가 9.5점이라
는 걸 연거푸 언급하며 대책이 시급하다고 했다. 언
니가 상담을 마친 후 나를 불러내 학교 앞 서점에서
수학 문제집을 사주고, 야간자율학습 전에 반 친구
들과 나눠 마시라며 캔 커피 한 박스를 안겨주고 돌
아갔던 그날은 특별한 기억으로 남아 있다. 친구들
에게 커피를 나눠 주며 꽤나 으쓱했던 것 같기도 하
다.

어린 시절의 나는 언니가 하는 모든 행동을 귀감으로 삼았다. 언니가 하는 건 뭐든 멋져 보이고 부럽고 어떻게든 따라 하고 싶었다. 음악이 끊이지 않았던 언니의 방에서 듣게 된 인디 가수의 노래, 영화에도 관심이 많던 언니와 함께 본 수백 편의 고전영화, 발음하기도 힘든 외국 작가의 이름이 빼곡했던 언니의 책장…. 내 유년 시절을 지배한 것들이다. 얼마나 영화를 많이 빌려봤는지, 집 근처 비디오방이 폐업하게 되었을 때 사장님이 언니를 따로 불러 선물로 줄 테니 갖고 싶은 비디오테이프가 있으면 다 가져가라고 할 정도였다. 그때 가져온 테이프가 박스 두 개 분량이었으니, 사장님이 내심 후회하셨을 것 같다. 아직도 나는 십대 시절을 돌이켜보면 언니와 나만이 유일한 방문객인 드넓은 갈대밭부터 떠오른다. 우리는 나란히 걸으며 브로콜리너마저의 노래를 듣는다. 옆에선 〈릴리 슈슈의 모든 것〉 속 유이치가 헤드폰을 낀 채 서 있다. 조금 더 걷다 보면 〈화양연화〉 속 장만옥이 담배를 물고 있고, 저 멀리서 〈해피투게더〉 속 장국영이 천방지축으로 뛰어온다. 흰색 러닝과 트렁크 팬티를 입은 채 햇살처럼 밝게 웃고 있는 그의 표정은 곧 울음으로 바뀐다. 〈매디슨 카운티의 다리〉를 걷던 클린트 이스트우드가 곧 버럭 소리를 지르며 잔소리를 할 것만 같다. 장국영 괴롭히지 마! 나는 장국영을 있는 힘껏 안아주고 싶다. 어디선가 정재형이 맨발로 연주하는 피아노 소리가 들려온다. 비현실적인 풍경 사이로 눈이 내린다. 오겡키데스카…. 뜻도 모르면서 연거푸 중얼거렸던 외침을 따라 〈러브레터〉 속 언덕이 보인다. 언니와 나는 롤러코스터의 〈습관〉을 들으며 눈밭 위에 눕는다. 조원선의 목소리는 어딘가 나긋하면서도 쉽게 잠들지 못하게 만든다. 〈이소라의 프로포즈〉 속 보랏빛 천막이 드리운다. 이들 덕분에 나는 덜 외로웠고 가끔은 최선을 다해서 외로울 수 있었다.

그런 언니가 결혼을 한다고 했을 때 내가 느낀 감정은 충격과 두려움이었다. 언니와 떨어져 살 거라는 생각은 해보지도 못했고, 그 사유가 결혼이라는 건 더더욱 받아들일 수 없었다. 나는 홀로 결혼 반대를 외쳤지만 아무것도 바뀌지 않았고, 심지어 상견례 식사 메뉴에도 나의 의견은 반영되지 않았다. 상견례에서 지금의 형부를 처음 만났다. 그가 좋게 보일 리 없던 나는 뱁새눈을 뜨며 묵언수행을 하는 것으로 불편한 심기를 마구 드러냈지만, 역시나 신경써주는 사람은 한 명도 없었다. 엄마는 식사 도중 눈물을 뚝뚝 흘렸다. 내 아들이 장애를 갖고 있긴 하지만 자네에게 짐으로 두지는 않을 거고 우리 목숨이 붙어 있는 한 어떤 부담도 느끼지 말라며 화장이 지워질 정도로 울었다. 저렇게까지 울 일인가. 엄마야말로 그렇게 낳고 싶어서 낳은 것도 아닌데 왜 죄인이 되어버리나. 심사가 뒤틀려 있던 나는 엄마 입에서 이런 말이 나오게 만든 언니가 그렇게 미울 수 없었다. 만약 언니가 아들이었다면, 사위가 아니라 며느리를 보는 자리였다면 엄마가 똑같은 행동을 했을지도 궁금했다. 내 인생에서 손꼽힐 만큼 최악의 식사 자리였다.

야속하게도 결혼 준비는 일사천리로 진행되었고, 어느덧 언니의 결혼식 날이 밝았다. 전날 우리는 예전처럼 한 방에서 잠을 잤는데, 언니는 뜬눈으로 야광별이 떨어지고 남은 자국을 쳐다보며 고장 난 녹음기처럼 "내가 내일 결혼을 한다고?"라는 말만 중얼거렸다. 나는 상견례에서 울던 엄마보다 곱절은 더 울었다. 온몸을 들썩거리며 울었다. 형부를 향해 걸어가는 언니가 출구 없는 감옥으로 끌려가는 것처럼 보였다. 나의 영화 속 주인공이 그렇게 떠나가는 모습을 커다란 고통 속에서 지켜보는 것 말고는 달리 할 수 있는 일이 없었다. 두 주먹으로 눈가를 닦아도 닦아도 끊이지 않는 눈물이 더 서러워 엉엉 울다 보니 결혼식이 어떻게 끝났는지 기억나지 않았다. 그 의미 없는 행사가 끝나고 언니는 다른 집 사람이 되었다. 언니가 결혼했다는 말에 여자는 결혼하면 이 집 사람이 아니라며 껄껄 웃던 아저씨들이 우리 언니를 다른 집 사람으로 만들었다.

결혼은 언니를 정말 다른 집 사람으로 만든 것 같았다. 내가 알던 언니는 온데간데없었다. 괴리감이 들었고, 언니를 의도적으로 멀리하게 됐다. 달라진 관계를 어떻게 유연하게 풀어가야 할지 방법을 몰랐기 때문이다. 특히 언니가 자연 임신이 어렵다는 난임 판정을 받은 뒤 본격적으로 치료에 매진하기 위해 회사를 그만두었을 때는 무슨 말을 건네야 할지 알 수 없었다. 언니 인생에서 자기계발보다 중요한 게 생겼는데 그게 임신이라니, 상상조차 해본 적 없는 일이었으니까. 난임 치료가 순조롭지 않자 미신을 믿기 시작하고 여자 몸에 좋다는 염소 피, 각종 한약, 이름도 생소한 짐승의 어느 부위를 구토를 참아가며 날것으로 먹던 언니는 내가 알던 언니가 아니었다. 인생의 목표가 오로지 출산에 맞춰진 언니는 20년 넘게 봐왔던, 각자의 감성을 품에 안은 채 등을 맞대고 잠들던 나의 언니가 아니었다. 감기 치료용 주사도 무서워서 서른이 다 될 때까지 엄마를 대동하고 주사실에 들어가던 언니가, 인위적으로 난 소를 키우기 위해 팔뚝만 한 왕주사기를 매일 밤 같은 시간 배에 찔러 넣고 있었다. 주사 자국의 시퍼런 멍이 복대처럼 퍼진 언니의 배에는 더 이상 주사를 찌를 곳조차 남아 있지 않았다. 가까스로 임신에 성공해도 약한 자궁 탓에 몇 번의 유산을 거듭한 뒤 병실에 찾아온 엄마를 보자마자 퉁퉁 부은 몸으로 쓰러질 듯 울던 언니는 도대체 누구일까. 백화점에서 아기 옷 매장 앞을 지나치지 못하고 굳어버리는 언니는 도대체 누구지. 난임 치료로는 세계에서 제일 간다는 서울 강남의 한 병원에 언니가 입원한 적이 있었다. 치료를 시작한 지 2년이 지났을 무렵이다. 언니는 하루 종일 말할 사람도 없는 데다 치료도 힘들어 정신병에 걸릴 것 같으니 시간이 있으면 꼭 놀러오라고 했다. 시외버스로 네 시간을 달려 도착한 병원의 시설은 충격 그 자체였다. 지은 지 50년도 넘은 시골의 버려진 정신병동 같았다. 지금 살아 있는 성인 여자보다 언제 태어날지도 모를 미지의 생명이 더 귀한 존재처럼 여겨졌다. 또다시 네 시간 동안 버스를 타고 내려가야 했으므로, 나는 언니와의 짧은 면회를 끝으로 병원을 나오면서 언니의 결혼식 때만큼 울었던 것 같다. 지금 여기에는 인생의 길잡이가 되어주던 나의 언니가 어디에도 없었으므로 가족을 잃은 미아처럼 눈물이 마르지 않았다. '언니'라는 영화의 엔딩크레디트가 올라가고 있었다.

그로부터 시간이 얼마나 지났는지 모르겠다. 『경찰관속으로』 개정판의 마무리 작업을 하고 있을 때쯤, 부천의 독립책방 '오키로북스'에 놀러 갔었다. 『경찰관속으로』를 잘 팔아주신 것에 대한 감사 인사도 드릴 겸 겸사겸사 찾아갔는데, 오직원님이 나에게 다가오더니 대뜸 언니에게 들은 말이 없냐고 하는 것 아닌가.

"무슨 언니요?"
"작가님 친언니요."
"…?"

언니가 오키로북스에 선물이 담긴 택배와 편지를 보냈다는 거다. 편지에는 『경찰관속으로』를 쓴 원도의 친언니인데, 요즘 동생이 책을 낸 덕분인지 전보다 스트레스도 덜 받고 한결 밝아진 것 같다고, 이게 다 책을 만들어준 오키로북스 덕분이라며 감사하다는 내용이 적혀 있었다고 했다. 책 냈다는 얘기를 가족에게도 하지 않았건만 어떻게 알고 택배를 보냈는지 알 수 없었으나(나중에 물어보니 언니는 오키로북스 인스타 팔로워였고, 책을 보자마자 내가 썼다는 걸 알아봤단다), 입을 열면 눈물이 날 것 같아서 ㅇ직원님에게 별다른 대꾸 없이 얼버무리고 말았다. 그 순간, 진학상담을 마친 뒤 친구들과 나눠 먹으라며 캔 커피 한 박스를 사주고 돌아가던 언니의 뒷모습이 보였다. 내가 알던 언니는 어디에도 가지 않고 여기, 이 자리에 그대로 있었다.

다행히 난임 치료는 성공적이었다. 현재 언니는 건강한 아이를 출산한 뒤 전업주부로서의 삶을 이어가고 있다. 솔직히 말하면, 아직까지도 달라진 언니의 삶과 그런 언니 곁에 있는 형부와 조카라는 손새를 온전히 받아들이기 힘들다. 형부는 여전히 멀게 느껴지고 조카는 이상하기만 하다. 난 언제까지고 시큰둥한 이모가 될 자신이 있다. 하지만 내겐 가치 판단을 할 자격이 없는, 온전히 언니 자신의 삶이다. 그러니 이제는 한 발짝 떨어져 응원해보려고 한다. 가족끼리는 좀 더 타인처럼 굴 필요가 있다.

　　둘이 같은 방을 쓰던 시절, 언니는 퇴근하고 오면 매번 나에게 발을 주물러달라고 했다. 언니의 발에서는 늘 퀴퀴한 냄새가 났다. 발 냄새를 맡으며 반강제로 열심히 마사지를 했는데, 지금은 퇴근한 내 발에서 비슷한 냄새가 난다. 학교를 졸업하는 순간 알았다. 대한민국에서 내 이름으로 된 책상 하나 갖기가 얼마나 어려운 일인지. 학생 땐 널리고 널린 게 책상이었고 싫으나 좋으나 짐을 두고 앉을 자리가 있었는데, 그토록 지긋지긋했던 내 책상 하나를 얻기 위해 얼마나 고군분투해야만 하는지. 언니가 불편한 하이힐을 신고 사방팔방 뛰어다니며 얻은 발 냄새로 우리는 다시 하나가 되었다. 태양만이 유일한 길동무인 어느 시골의 이름 모를 길 위에서 〈불량공주 모모코〉 속 모모코와 이치고처럼 놀고 싶다. 역시 언니와 나의 서사는 단편이 아닌 시리즈물이 어울린다.

엄마의 언니

엄마와 이모를 모시고 장윤정 콘서트에 간 적이 있다. 공연이 생소한 이모는 한껏 점잖은 차림으로 왔는데, 걷는 속도가 눈에 띄게 느리고 계단을 잘 오르지 못했다. 상대적으로 쌩쌩한(?) 엄마는 그런 이모 옆에 있으니 돌도 씹어 먹을 나이처럼 보였다. 이모가 언제 이렇게 늙어버렸지. 등이 언제 저만큼 굽은 거야. 나이가 들수록 사람의 뒷모습이 보인다. 이럴 땐 누군가의 앞모습만 보면서 좋아하거나 싫어하는 일을 반복했다. 굳이 가려진 내면까지 보려 하지 않았고 뒷모습에는 눈길조차 주지 않았다. 그런데 이제는 뒷모습과 함께 그 사람이 등에 짊어진 삶의 무게까지 어렴풋이 느껴진다. 사람의 앞모습만 봐왔던 어릴 때의 느낌과 그림자까지 눈에 들어오기 시작한 지금 마주하는 이미지가 가장 다른 사람은 나의 이모, 그러니까 엄마의 언니다.

엄마는 3남 2녀 중 막내이고, 셋째인 이모와는 일곱 살 차이다. 집안의 늦둥이라 그런지 엄마는 환갑을 바라보는 지금도 좀 명랑하달까, 어딘가 철없는 구석이 있다. 엄마는 고등학교 3학년 때 '코미디언을 모집합니다'라는 짤막한 신문 광고를 보고는 혼자 서울로 올라가기도 했다. 당시엔 교통편이 좋지 않아 서울까지 열 시간이 걸렸단다. 여자들이 학업을 이어가는 대신 일찍 취업 전선으로 뛰어들던 시절이라 서울에서 직장 생활을 하는 친구가 한 명 있었고, 그 친구와 함께 신문 광고에 나온 코미디언 모집 사무실을 찾아 을지로를 하루 종일 헤맸다. 그러나 시골 사람인 엄마도, 서울에서 직장을 다니는 친구도 사무실을 찾지 못해 결국 빈손으로 내려와야 했다. 이제와 생각해보면 사기인 것 같다고 엄마는 말했다. 을지로를 쥐 잡듯 뒤졌는데도 사무실을 찾을 수 없었던 걸 보면 유령 회사가 틀림없다고, 그걸로 어린애들을 꼬여내 나쁜 짓을 했을 거라는 게 엄마의 추측이다. 1년 뒤 스무 살이 되었을 때는 MBC에서 PD를 모집한다는 공고를 보고 무작정 서울 방송국으로 향했다. 이번에도 열 시간을 꼬박 달려, 전과 달리 친구에게 연락하지 않고 홀로 시험장에 들어선 엄마를 마주한 방송국 관계자는 황당한 표정으로 대학교를 졸업하고 다시 오라 했단다. 엄마는 더 이상 방송국과 인연을 쌓지 못한 채 그 길로 서울에서 1년간 자취를 하며 방황했다. 결국 희대의 코미디언이 되겠다는 꿈을 포기하고 고향으로 내려와 지금의 가정을 꾸리게 되었다는 그렇고 그런 이야기. 엄마한테 처음 이 이야기를 들었을 때, 당신은 하고 싶은 대로 살았으면서 딸들의 꿈은 한사코 반대한 이유가 무엇이냐는 말이 혀끝에 맴돌았지만 차마 입을 열고 나불대진 못했다. 나름의 속사정이 있었겠지, 생각하고 말았던 것 같다.

어쨌거나 이렇게 발랄한 엄마와 달리 이모의 삶은 처음부터 끝까지 희생으로 점철되었다. 팍팍한 하루하루는 이모의 성격을 방금 자른 나무의 결보다 거칠고 퉁명스럽게 바꿔놓았고, 길고 다정한 문장으로 말하는 대신 고함에 가까운 몇 개의 단어로 의사표현을 하게 만들었다. 어릴 땐 이런 이모가 너무 무서웠다. 왜 이모는 항상 화만 내다 돌아갈까. 왜 우리 집을 이렇게나 무시할까. 왜 물건을 집어던지면서 싸우는 걸까. 초등학생 때 이모 집에 놀러 갔다가 딸과 싸우면서 전화기를 집어던지는 모습을 본 뒤로 이모는 나에게 공포의 대상으로 자리매김했다. 하지만 이제는 보인다. 이모의 뒷모습이. 천하를 호령하던 독불장군의 허리가 구부정해진 것이. 팔자로 벌어진 다리의 각도가. 어둡게 변한 얼굴색이. 마치 전에 없던 도수를 입힌 안경을 쓴 것처럼, 그저 나의 이모가 아니라 이모라는 한 명의 사람이 보이기 시작했다.

이모에 대한 엄마의 최초 기억은 다섯 살 때다. 당시 엄마는 껌딱지처럼 이모에게 붙어 다녔는데, 그네를 타던 이모를 발견하고 달려가다가 그만 그네를 매단 쇠줄과 정면충돌하면서 머리가 깨지는 사고를 당하고 말았다. 이 일로 이모는 외할머니에게 동생을 제대로 돌보지 않았다며 혼나는 것으로도 모자라 급기야 집에서 쫓겨났다고 한다. 동서고금을 막론하고 여동생은 언니에게 억울한 일 하나쯤은 만들어주는 오랜 전통이 있는 것 같다. 이모는 다섯 남매 중 셋째였으나 동시에 장녀로서 집안을 일으켜 세운 사람이나 다름없다고, 엄마는 늘 말한다. 이모는 중학교를 졸업하자마자 대구 제일모직 직포과에 취직해 시집가는 스물세 살까지 회사 기숙사에 기거하며 돈을 벌었다. 명절이 되면 양손 가득 가족에게 나눠줄 선물을 이고 지고 고향으로 내려왔고, 명랑한 엄마는 이모에게 인사도 하기 전에 선물 꾸러미부터 풀어보는 게 일이었다. 이모는 그렇게 번 돈으로 두 오빠의 대학교 학비를 대주고 부모님에게 논과 밭을 사줬으며 고향집 대문을 철문으로 바꿔줬다. 그 시절 시골집 대문은 거의 싸리문이었는데, 이모 덕에 엄마 집 대문만은 삐까번쩍한 철문이었다. 이모 자신에게는 단 한 푼도 쓰지 않았다. 친구들은 다 초등학교만 졸업하거나 그마저도 제대로 마치지 못하고 다른 집에 식모로 팔려가는 일이 비일비재했는데, 자기는 중학교까지 졸업할 수 있었다며 오히려 가족에게 늘 감사했다고 한다. 엄마는 그런 이모의 속도 모른 채 하루가 멀다 하고 이모의 기숙사로 용돈을 달라는 편지를 보냈다. 소풍이라고, 생리를 시작했다고, 사고 싶은 게 생겼다고… 편지를 받는 즉즉 용돈을 부쳐주던 이모가 어느 날은 이제 편지 좀 그만 보내라 타이르자 엄마는 발신인을 적지 않고 편지를 보내기 시작했다. 보낸 사람이 자기인 줄 모르면 편지를 뜯어볼 수밖에 없을 거라는 얄팍한 속임수였다. 그런 동생이 얼마나 철없게 느껴졌을지, 이모가 엄마한테 툭하면 화를 내던 이유를 알 것만 같았다.

이토록 가족을 위해 희생한 이모는 스물세 살에 시집을 간 뒤로 이모부와 함께 문 만드는 공장을 차렸고, 바닥부터 시작해서 승승장구하게 된다. 꽤 많은 돈을 벌었다. 그리고 그 돈은 또 고스란히 가족에게 흘러갔다. 오빠들에게 땅을 사주고, 오빠들의 자식에게 돈을 쥐어주고, 우리 엄마에게도 숱한 도움을 베풀었다. 아픈 자식이 있는 엄마가 물질적으로나 심적으로나 기댈 곳은 이모뿐이었다. 병원비로

강남 아파트 한 채 값이 사라지는 동안 이모는 어쩌
겠냐, 한마디하고 돈을 보내줬다. 20년이 넘도록 이
어진 형제들의 구조 요청을 이모는 단 한 번도 거절
하지 않았다.

　한평생을 희생만 한 탓일까. 이모는 사십대 초
반에 위암 3기 판정을 받았다. 억척스럽기가 들판에
피어난 쐐기풀보다 더했던 이모가 시한부 선고를 받
은 것이다. 자식 셋이 나란히 초, 중, 고등학교에 다
닐 무렵이었다. 이모는 의사에게 살날이 얼마 남지
않았다는 이야기를 듣고 엄마를 찾아와 암보험 진단
금 전액을 건넸다. 내가 아파보니 아픈 자식을 키우
는 네 마음을 이제야 완전히 이해하게 되었다고, 너
무 늦어 미안하다면서. 엄마는 그날 아주 펑펑 울었
다. 이모도 같이 울었다.

　엄마는 병상에 누운 이모 대신 집안일을 하
러 당시 네 살이던 나를 데리고 이모 집에 갔다. 내
가 너무 어려서 혼자 둘 수 없었기 때문이다. 이모
는 나와 함께 세제를 사러 마트로 향했는데, 사달은
여기서 벌어졌다. 갑자기 내가 사라진 것이다. 엄마
의 기억에 따르면 그날의 분위기는 마치 전쟁터 같

았다고. 흔적도 없이 사라진 네 살짜리를 찾기 위해 온 가족은 물론 이웃까지 동원되었으며, 회사에 있던 아빠는 급히 조퇴해서 자전거로 동네 곳곳을 누볐다고 한다. 혹시라도 어린 내가 골목 한구석에 쭈그리고 앉아 울고 있을지 모르니까 자동차로 수색할 수는 없었단다. 그 와중에도 이모는 사업가답게 현실적인 계산을 도출했다. 새로운 희망을 품고 어렵게 낳은 늦둥이가 사라졌으니, 동생에게 돈을 얼마나 줘야 배상이 될까 고민하는 동시에 차라리 자기가 죽기를 바랐다고 이모는 고백했다. 그냥 암에 걸려 죽을 걸, 왜 굳이 살아서 동생의 딸까지 잡아먹고 앉았냐며 스스로를 책망하기에 이르렀다. 어른들은 유괴라는 둥 사고를 당해서 벌써 병원에 실려 갔다는 둥 무시무시한 이야기를 나누며 땀과 눈물이 범벅된 얼굴로 나를 찾아다녔다. 내가 사라진 지 세 시간쯤 지났을 무렵, 집으로 한 통의 전화가 걸려왔다. "제발 딸 좀 데려가이소!" 이모와 함께 갔던 마트의는 한참이나 떨어진 어느 파출소였다. 아빠가 급히 뛰어가 보니 입가에 짜장면 양념 범벅을 한 내가 집 구석에서 전화 안 받고 뭐했냐며 버럭 소리를 질렀다고 했다(네 살짜리 애가 저런 단어를 조합해 문장을 만들었을 리는 없고, 엄마의 과장이 분명하다). 누가 파출소로 데려간 건지, 스스로 갔는지는 여태껏 풀리지 않는 미스터리다. 지금은 사라진 그 파출소는 자동차로도 꽤 오래 가야 할 만큼 멀었는데, 꼬마의 발걸음으로 어떻게 도달했는지도 세계 8대 불가사의 중 하나다. 어쨌거나 파출소에 간 내가 얼마나 귀찮게 했는지(입을 막을 속셈으로 짜장면을 시켜준 듯하다), 경찰관은 우리 아빠를 보자마자 제발 애 좀 데려가라고 외쳤단다. 집 전화번호 하나는 또렷이 기억하고 있던 과거의 나를 칭찬해야 할까. 그렇게 미아 소동은 막을 내렸고, 이모는 가뜩이나 좋지 않은 몸으로 너무 진을 뺀 나머지 꼬박 일주일을 앓아누워야만 했다.

좌충우돌하는 시간들이 지나고, 외할머니를 비롯한 온 가족의 기도가 힘을 발휘했는지 이모는 기적적으로 암을 이겨냈다. 하지만 거듭되는 항암 치료로 면역력이 약해진 탓에 조금만 무리해도 몇 날 며칠의 요양이 필요한 상태가 되었고, 10년 뒤엔 갑상선암이 재발하면서 사업을 정리한 뒤 간간히 고향집을 오가며 소일거리로 농사를 짓고 있다. 하지만 이모가 누군가. 비록 몸은 쇠약해졌으나 집안의 대들보로서의 역할은 여전히 수행 중이다. 이모가 엄마에게 보이는 지극정성은 "내가 너한테 잘한 만큼 하나뿐인 여동생을 잘 챙겨주라"던 외할머니의 유언 때문만은 아닐 것이다. 철마다 콩, 두부, 떡, 자두, 고춧가루, 제철 반찬, 손수 담근 김치를 바리바리 싸서 보내주는 건 그저 이모의 일생인 거다. 그 시대 여자, 장녀의 일생에는 서글픈 구석이 많다. 같은 시절을 지나왔어도 언니와 오빠의 태두는 판이하게 다르다. 왜 여자들은, 언니들은 이렇게 살 수밖에 없는 걸까. 또 행여나 희생하지 않는다고 해서 비난받아야 할 이유는 뭔가. 기둥도 땅이 단단해야 똑바로 세워지는 법인데, 제대로 딛고 일어설 흙담조차 없던 이들이 기울어진다고 누가 비난할 수 있을까.

내가 아는 사람 중에 가장 성격이 급한 이모는 예고도 없이 우리 집에 찾아와 대문 밖에서 엄마의 이름을 크게 외친다. 초인종 따윈 누르지 않는다. 벼락같은 호령에 놀란 엄마가 맨발로 뛰쳐나가기도 전에 이모는 갖가지 음식을 대문 앞에 두고 사라진다. 그렇게 건네받은 음식을 반찬 통에 옮겨 담으며 "아이고, 꼭 엄마가 살아 돌아온 것 같네"라고 중얼거리는 엄마의 눈가에는 새벽안개 같은 눈물이 맺힌다. 얼마 전 이모가 동네 사람들과 나들이를 간다는 말에 엄마는 수줍게 용돈을 건넸다. 가는 길 휴게소에서 음료수나 사 먹으라는, 많지도 않은 금액이었는데 이모는 봉투를 받고는 조용히 울었다고 했다. 늘 용돈을 달라고 손편지를 쓰던 철부지 동생, 자신의 신혼집에서 4년이나 하숙 생활을 하던 눈치 없는 동생, 아픈 아들을 키울 땐 꼭 죽는 줄만 알았는데 어떻게든 꾸역꾸역 버티고 버텨 이제야 숨 돌릴 틈이 생긴 동생이 수십 년이 흐른 뒤 건넨 용돈은 이모, 아니 언니에게 어떤 의미로 다가갔을까. 울지 않을 방도가 없었으리라.

엄마에겐 이모가 엄마이자 아빠였고, 언니이자 오빠였으며, 가족이자 영웅이었다. 세상의 전부는 아닐지라도, 이모가 없다면 세상의 전부를 얻은들 그다지 기쁘지 않을 것이다. 없어도 못 사는 건 아니겠지만, 그렇다고 잘 살지도 못했을 테다. 요즘의 엄마는 이모가 자식이나 남편보다 더 좋다고 한다. 어디서도 쉽사리 하지 못하는 남편과 자식 험담, 세상 돌아가는 이야기, 살아가는 소소한 기쁨을 나누는 게 너무 좋단다. 마냥 무섭기만 하던, 한 마리의 야생 호랑이 같던 이모가 이제는 호호할머니로 보인다. 천하를 호령하던 대장부는 이제 은퇴다. 대신

함께 늙어가는 엄마를 호령하며 하하호호 즐겁게,
언제까지나 건강하게 지낸다면 더할 나위 없이 좋
겠다.

조심히 가

서울에서의 일정을 마치고 집으로 돌아오던 KTX 안에서 숨이 멎는다는 것을 실감했다. 아무리 가슴을 들썩여도 코로, 폐로 공기가 들어오지 않았다. 물 밖으로 내쳐진 물고기처럼 입만 뻐끔거렸다. 머릿속이 아득해졌다. 목을 부여잡고 객실 칸에서 나와 복도로 향했다. 복도에 설치된 간이 의자에 앉아 두 시간이 넘도록 나의 들숨 날숨을 확인하며 간신히 호흡했다. 호흡을 가다듬는다는 말을 아무렇게나 쓰면 안 되겠다는 생각의 끈을 가까스로 붙잡으면서.

얼마 후 이와 유사한 증상이 또 한 번 찾아왔다. 여경 선배들과의 술자리에서였다. 갑자기 말문이 턱 막히더니 심장으로 통하는 혈관을 계란 노른자로 꾹꾹 눌러 막은 것처럼 묵직한 통증이 숨구멍을 옥죄어왔다. 숨이 제대로 쉬어지지 않자 언니들이 무슨 말을 하는지 들리지도 않았고, 식탁에 차려진 먹음직스러운 음식을 삼키기도 힘들었다. 그 자리에서 어떻게 시간을 보냈는지 모르겠다. 헤이지면서 대화에 집중하지 못한 것을 사과하자 언니들은 그런 걸로 무슨 사과까지 하냐며 나를 안아줬는데, 눈물이 찔끔 날 것 같아서 황급히 입을 다물었다. 그 순간 다시 물로 던져진 물고기처럼 갑자기 숨통이 트였다. 그렇게 언니 품 안에서 한참을 파닥거렸다.

차로 집까지 태워준 언니가 조심히 가, 라고 인사를 건넸다. 언니의 당부대로 나는 조심조심 집까지 잰걸음으로 걸었다. 조심히 가면서 신중하게 호흡을 확인했다. 나는 살아 있는 걸까, 지금. 작디작은 피라미처럼 코를 달싹이며 열심히 숨을 쉬어보았다. 가쁘게 숨을 쉴수록 찬 공기가 속으로 가득 들어왔다. 접혀 있던 지느러미가 펴지는 듯 등이 뻐근했다. 달밤에 체조를 해가며 소중한 나의 방을 향해 뚜벅뚜벅 걸어갔다.

몇 번의, 말 그대로 숨 막히는 고통에 휩싸인 이후 호흡 자체에 무척 신경이 쓰였다. 덧니가 난 것처럼 입안에 무언가가 자꾸 거슬리고, 평소 쉽게 하던 행동도 손가락 끝에 가시가 박힌 듯 영 불편하기만 했다. 마뉴팍투라 군단 언니들을 붙잡고 잉잉 울어보고도 싶었지만, 그러다간 숨이 정말로 멎을 것만 같았다. 일련의 고통들이 뭔가, 전에 살던 것처럼 살아서는 안 된다는 경고처럼 다가왔다. 나는 어떻게 살아야 할까. 숨 쉬는 것조차 이렇게 힘들어질 일인가. 그래서 조심히 조금씩 걸었다. 조심히 가, 라는 말은 어떻게든 지키고 싶었다.

　여자가 모텔 침대 위에서 사망한 채 발견되었다는 신고를 받고 출동했다. 방 안은 나름의 질서를 지키며 어지러운 상태였는데, 무수히 쌓인 술병이 눈에 띄었다. 전날 밤 고인과 함께 술을 마셨다는 친구에게 사정을 물었다. 결혼을 약속한 남자가 있었는데 갑자기 이별을 통보했고, 당황한 고인이 무슨 일인지 알아보니 그가 다른 여자를 만나고 있었으며 둘 사이에 아기까지 생겼다는 것이다. 남자의 SNS 프로필 사진이 바뀌는 데에는 채 하루도 걸리지 않았다. 고인은 죽어버릴 거라고 했단다. 그리고 실제로 많은 술과 약을 한꺼번에 먹고 사망에 이른 것이다. 사망진단서 어디에도 남자의 배신이 원인이라는 내용은 없다. 약물 과다 복용이라는 결과만 서류로 남을 뿐, 남자의 행동은 희석되고 만다. 기억하는 사람도 없을 것이다. 조심히 가지 못한 어느 언니의 품을 만지는 건 참 슬픈 일이었다. 어쩌다 아무런 연고도 없는 지방의 한 모텔에서 달방을 얻어 살게 되었는지 설명해줄 사람도 없다. 나는 차갑게 누워 있는 이름 모를 언니에게 묻고 싶은 것이 많았다. 그동안 어떻게 살았어요. 그 남자가 인생의 전부처럼 느꺼졌나요. 왜 그랬냐는 말은 하지 않기로 했다. 그저 언니가 이 모텔방보다는 좋은 곳으로 조심히 가길 바랄 뿐이었다.

온 동네에 된장 썩은 냄새가 진동을 하던 곳이 있었다. 악취의 발원지는 사망한 지 한 달은 족히 넘은 시체였다. 방에서 목을 맨 여성은 죽은 지 30일이 훨씬 지나 반 백골 상태로 발견되었다. 그제야 목을 죄고 있던 줄이 풀렸다. 찾는 사람이 아무도 없었던 걸까. 남겨진 다이어리에는 그녀의 심정이 고스란히 담겨 있었는데, 이혼한 남편을 그리워하는 마음으로 가득했다. 남편이 자신을 떠난 이유를 스스로에게서 찾은 듯했다. 마른 여자를 좋아한 남편을 떠올리며 무리하게 다이어트를 하다가 거식증과 우울증을 얻어 하루하루 약으로 연명하던 그녀는 결국 스스로를 벼랑 끝으로 내몰고야 말았다. 바싹 마른 몸은 방문에 걸려 더욱 말라가고, 남은 건 악취와 구더기뿐인 형용할 수 없을 정도로 쓸쓸한 풍경. 이 언니를 벼랑 끝으로 내몬 게 언니 자신만은 아닐 것이다. 하지만 그걸 궁금해하는 사람은 없다. 죽은 사람은 수습되고 남은 사람은 떠나는 변사 현장에서 나는 어디를 향해 묵념해야 할지 몰랐다. 부패되어 푹 파인 언니의 두 눈에서 눈물이 흘러나오는 것 같았다. 언니, 이제 그만 울자, 먼 곳까지 조심히 가. 조용히 안녕을 빌었다. 너무 늦은 안녕이다. 그냥 살았으면 좋았을걸. 힘들고 괴롭지만 그냥 살지, 깨어 있지. 그냥 그렇게… 살았으면 좋았을까? 묻지 못한 질문이 늘어간다.

파출소 밖을 한참이나 서성거리던 여자애가 있었다. 문을 열어주자 삐걱거리는 마룻바닥 위를 걷듯 조심스럽게 파출소 안으로 들어오던 아이는 이제 스무 살이 된 대학생 새내기였다. 그 애가 나에게 내민 종이를 보고 나는 아무런 말도 할 수 없었다. 알록달록 귀엽게도 꾸며진 종이에는 '아빠가 나에게 하지 않았으면 하는 행동 10가지'라는 제목이 달려 있었다. 술 취해서 내 몸 만지지 않기. 술 취한 아빠는 모르겠지만 나는 수치심이 든다고…. 엄마 욕이나 엄마 얘기 하지 않기. 술 취해서 네가 가정파괴범이다, 할머니 살려내라 같은 말 하지 않기. 내가 싫다고 하면 안 했으면 좋겠어. 가장 마지막 줄은 술 안 취해도 내 방 들어오지 않기. 지금 가출한 지 이틀째인데, 경찰관 입회하에 아빠가 이 종이에 사인을 하고 지키겠다 약속해주면 집으로 돌아가겠다고 했다. 연락을 받고 온 아빠라는 사람의 얼굴을 본 순간 나는 그가 갱생의 여지가 전혀 없음을 단박에 알았다. 그는 술에 취한 채 기분이 좋은 듯 연신 소리를 꽥꽥 질러댔다. 그러면서 딸이 내민 종이에 적힌 내용을 읽어보지도 않고 사인을 해주었다. 여자애는 그것을 품에 안고는 조금 안심한 듯 집으로 돌아가겠다고 했다. 엄마는 남편의 폭력을 견디다 못해 진작 집을 나갔고 딸만 남은 불안한 집. 제대로 된 직장 없이 주정뱅이로 살아가는 아빠라는 이름의 가해자. 지옥으로 순순히 돌아가려는 아이를 붙잡고 뭐라도 해주고 싶었다. 그러나 대한민국에 존재하는 어떤 법도 들이밀 수 없던 그 상황에서 나는 무력하기만 했을 뿐. 그런 내가 역겨워 며칠간을 끙끙 앓았다. 형형색색의 서약서가 자꾸만 생각났다. 제발, 조심히 가. 방문은 최대한 견고하게 잠그고 조심히 잠들자. 미안해, 다 미안해. 다른 곳에서 만났다면 너를 도와줄 수 있었을까. 나는 지금도 너의 안녕을 빌고 있어. 도움을 줄 수 있는 단체들의 전화번호를 황급히 적어 네 손에 쥐여주는 것 말고는 할 수 있는 게 없던 나를 용서하지 말아줘. 아, 어쩌면 이 세상은 모두 거짓말이 아닐까.

이름 모를 남자에게 스토킹을 당하던 언니도 있었다. 헐레벌떡 파출소로 들어와서 휴대전화를 내밀었다. 문자 메시지에는 차마 옮겨 쓰기도 힘든 수위의 내용이 가득했지만 내가 해줄 수 있는 건 없었다. 어느 경찰서를 가도 마찬가지였을 것이다. 스토킹은 애초에 경범죄니까. 몇만 원만 내면 끝이니까. 물러터진 법이 만든 사회가 이 모양 이 꼴이니까. 서로서로 안타까운 상황에서 언니에게 해줄 수 있는 말은 조심히 가라는 말뿐이었다.

아기를 낳다 죽은 언니를 본 적도 있다. 의료진은 출산 도중 어떤 물질이 혈관을 타고 역으로 들어가면 현대 의학으로는 죽음을 막을 수 없다고 했다. 달나라도 가는 세상이지만 여자 목숨 구하는 데에는 뜨뜻미지근한, 가려진 죽음이 이토록 많다니. 언니는 이미 죽었으므로, 제왕절개 수술 자국이 제대로 마감되어 있지 않았다. 낡아서 해진 이불을 기운 듯 내충 봉합된 칼자국이 분명한 몸을 보며 사무치게 서글펐다. 아이를 낳았으니 제 몫을 다했다는 것일까. 한없이 적막한 안치실. 향조차 피우지 못할 정도로 얼어붙은 곳.

아직 기어 다니지도 못하는 쌍둥이를 두고 옆방에서 목을 맨 언니도 있었다. 가혹한 시집살이와 독박육아에 내몰리다 죽음으로써 퇴근한 것이다. 남편은 늘 그렇듯 술자리에 있었다. 오늘도 늦게 들어오면 정말 죽어버릴 거라고, 밤 9시 전에 꼭 들어오라는 언니의 연락을 남편은 귓등으로도 듣지 않았다. 그가 술에 취해 집에 도착한 시간은 새벽 1시. 모든 상황이 끝나 있었다. 아랫집에 살던 시부모는 며느리의 죽음을 안타까워하기는커녕 왜 하필 집 안에서 이 난리를 피웠는지 이해할 수 없다는 표정으로 시체를 흘겨보았다. 울며 보채는 쌍둥이가 귀찮은 듯 자꾸만 인상을 썼다. 나는 언니의 죽음이 타살이라 믿어 의심치 않는다.

하루는 지방청 사이버 수사팀 소속 언니에게서 전화가 왔다. 최근 성착취물에 대한 사회적 관심이 높아지면서 관련 수사를 한창 벌이고 있는데, 압수된 동영상을 보는 일이 너무 고역이라며 하소연을 했다. 대부분의 영상에서 기저귀를 한 여자아이가 나온다고 했다. 언니는 믿기 힘든 역겨운 현실에 대해 떨리는 목소리로 이야기했다. 상대 남성은 청년부터 할아버지까지 다양하단다. 수사를 위해 매일

같이 수백 편의 영상을 봐야만 하는 언니는 늘 속이 메스껍다고 털어놓았다. 현실은 언제나 상상보다 곱절은 더 끔찍하다. 여성청소년 수사팀에 있는 언니의 사정도 마찬가지다. 언니가 출근해서 하는 일은 압수한 불법 촬영물을 끝없이 돌려보는 것이다. 화장실, 해변, 지하철… 장소는 다르지만 피해자는 언제나 여성. '결정적인 장면이 없다'는 이유로 처벌받지 않은 가해자 수는 피해자의 수보다 많은 듯하다. 여성은 언제나 당해왔으니까. 늘 있던 일이니까. 전혀 새로울 것이 없으니까 처벌 수위도 거기서 거기인 걸까? 계속 보아온 일이니 심각성을 모르는 걸까? 질문이 꼬리에 꼬리를 물지만 누구 하나 대답해주는 사람이 없다. 애써 수사를 해도 각양각색의 이유로 처벌을 피해가는 가해자들을 보며 좌절하기도 지친다. 언니, 어쩌면 이 세상은 우리의 생각보다 더 이상한 곳일지도 몰라. 눈뜨고 보는 모든 일상이 거짓말 같아. 누군가 산산이 부서져도 이께 왔선 세상은 굴러가고는 있다는 게, 부서지는 대상은 늘 정해져 있다는 게 말이야. 이런 엉망진창인 세상이라면 차라리 확 망해버렸으면 좋겠어.

왕후장상이 여청수사팀에 있을 때 했던 말이

문득 생각났다. "언니, 생각보다 가정 내 성폭력이 너무 많아요. 친오빠가 어떻게 그런 짓을…. 부모요? 아들 감싸기에 바빠요. 피해자인 딸한테 굳이 신고까지 해서 오빠 앞길 망쳐야겠냐고 소리를 지르는데…. 같은 자식인데 어떻게 그럴 수 있을까요? 두 딸이 이층 침대에서 나란히 자는데, 위 침대에서 자던 큰딸을 강간한 친아빠도 있었어요. 바로 아래에서 작은딸이 자고 있는데도. 언니, 가족한테도 버림받은 아이는 어디로 가야 할까요. 왜 피해자가 떠나야 하죠? 도대체 왜…." 동생의 절규에 나는 언어를 잃어버린 과거의 인물처럼 입을 굳게 다물고 말았다.

언제까지 '조심히 가'라는 말을 인사처럼 해야 할까. 언제까지 우리의 안전은 우리 개인의 몫으로 치부될까. 왜 우리는 택배 송장 하나 마음대로 버리지 못하고, 배달 음식을 받을 때도 현관까지 내려가야 하며, 직거래를 하기 직전까지도 최대한 여성이라는 티를 내지 않아야 하는 걸까. 언제부터 우리는 길가에 핀 꽃을, 밤하늘에 뜬 별을, 집 앞의 심야 식당을 쳐다볼 여유조차 빼앗긴 채 등 뒤 누군가의 발소리에 온 신경을 집중하며 귀가를 서두르게 된 것일까. 도어록으로도 모자라 별도의 잠금장치를 설치

하면서까지 문을 틀어막게 되었을까. 택시 조수석에 앉지 못하게 된 건 언제부터이며, 친구가 탄 택시의 차량 번호를 재빨리 적어 보내주는 게 어째서 당연한 일이 된 걸까. 언젠가 회식을 하고 헤어질 때 습관처럼 남자 직원이 탄 택시 번호를 적어 보내준 적이 있다. 그는 이런 걸 왜 보냈냐고, 이런 문자는 처음 받아본다며 한참을 웃었다. 나두 왜 보내야 하는지, 왜 이런 행동이 습관이 돼버린 건지 모르겠다. 나도 그저 그처럼 아무 생각 없이 깔깔 웃고 싶었다. 정말 급한 경우가 아니면 공중화장실을 사용하지 않는다. 최후의 최후까지 참다가 겨우 들르는 화장실에서도 마음이 편치 않다. 때때로 무너지는 심정으로 변기에 앉는다. 다른 지역에 갈 경우 웃돈을 주고 애써 호텔을 예약한다. 그마저도 쉬이 잠들지 못한다. 여성인 것이 노출되는 순간 사회는 정글로 변한다. 우리의 회피 능력이 문제가 아니라, 여성을 피해자로 삼는 데 너무 익숙해진 사회가 문제다. 언제까지 이런 당연한 소리를 반복해야 할까.

남편에게 두들겨 맞아 사망한 여성을 본 적이 있다. 얼굴의 핏줄이 모두 터져 두 눈이 너구리처럼 부푼 채 죽어 있던 중년의 여성. 사람은 마네킹이 아니다. 폭행을 당하면 피해자는 반항을 하고 비명도 지르기 마련인데, 그 행동을 보면서도 폭력을 지속하여 결국 죽게 만든 사람에게 살인죄가 아닌 '처음부터 죽일 고의는 없었고 그저 때리다 보니 사망에 이르렀다'는 뜻의 치사죄를 적용하는 이유는 오로지 단 하나, 피해자가 여성이기 때문이다. 남편이란 자는 밥상을 엎은 뒤 고인을 무자비하게 폭행했다. 그러고도 죽을 줄은 몰랐단다. 단순한 다툼이었다고 진술했다. 고인의 목 주변에는 밥상이 엎어질 때 뒤집어쓴 듯한 반찬들이 잔뜩 묻어 있었다. 김치 국물과 피로 범벅이 된 시체에서 쓰라린 냄새가 났다. 그의 얼굴을 직접 보고도 남편을 잘못 만나 그렇게 됐다는 한 줄의 문장을 댓글로 달 수 있는 사람이 있을까. 오늘도 끝끝내 조심히 가지 못한 언니들을 본다. 조심히 가지 않은 게 아니라 조심히 가지 '못한' 언니들을 본다. 무슨 말을 건네야 할지 모를 안타까운 사연들이 피바다를 이룬다.

대한민국에서 여자로 살아가는 언니들에게, 그리고 우리의 뒤를 따라올 동생들에게 진심으로 하고 싶은 말이 있다. 조심히 가. 그럼에도 우리는 살자. 어떻게라도. 조심히 오고 가자. 잘 가, 언니, 다들.

조심히 가, 멀리 안 나갈게. 조만간 건강한 모습으로 다시 보자. 조심히 가. 도착하면 연락해.

살아남은 언니들에게

어릴 적엔 제사가 제일 싫었다. 아빠는 형제들과 원수처럼 지내면서도 제삿날만 되면 그 지옥 같은 집구석으로 언니와 나를 바득바득 끌고 갔다. 당신도 뻘쭘해서 벽만 보고 있을 거면서(스마트폰이 없을 때라 볼 게 벽밖에 없었다). 나라면 이런 곳에 자식들을 데리고 오지 않을 텐데, 생각하며 주먹을 꽉 쥐었다. 이른 새벽 큰집으로 끌려가는 길에 코끝을 스치던 차가운 공기가 소름 끼치게 싫었지만, 사실 정말 싫은 건 따로 있었다. 여자들만 일하는 모습이었다. 여자들은 애써 장만한 음식을 자기 입에 넣을 새도 없이 남자들 앞에 놓인 밥상으로 바삐 날랐다. 학대받는 성인 여성의 모습을 지켜보는 것은 새벽에 일어나는 것과는 비교되지 않을 만큼 거북한 일이었다. 마치 나의 미래일 것만 같았다. 적어도 이 동네에서 늙으면 나도 똑같이 되고 말 거라는 확신이 어린 마음에 문신처럼 새겨졌다.

초등학교에 입학했다. 당시 나를 좋아했던 남자아이가 내 가방에 자기 필통을 넣어놓은 걸 보고 부모님은 내가 훔친 거라 생각했다. 아니라고 수백 번 외치고 엉엉 울어도 봤지만 나를 믿어주지 않았다. 그 남자아이에게 전화를 걸어 자초지종을 설명해달라고 부탁했다. 그러나 상황이 예사롭지 않다고 느꼈는지 그 애는 자긴 모르는 일이라며 비겁하게 굴었다. 하루는 평소처럼 남자애들과 운동장에서 축구를 하는데, 어떤 아이가 온 힘을 다해 찬 축구공에 가슴을 정통으로 맞았다. 숨이 멎는 것 같았다. 그 후로 운동장에 나갈 수 없었다. 또 가슴을 공격당할까봐 무서웠다. 유일한 여자였던 내가 빠지면서 운동장은 남자애들 차지가 됐다.

여중에 입학했다. 당시 학교 근처엔 일명 '바바리맨'이라고 불리던 성범죄자가 무척 많았지만, 그들을 제지하거나 경찰에 신고하는 어른은 단 한 명도 없었다. 성범죄자는 점점 자신만만해져 급기야 등교 시간에 학교 정문 앞까지 알몸으로 나타나기에 이르렀고, 장래희망이 군인이던 친구 하나가 보다 못해 그 남자에게 돌을 던져 물리치는 데 성공했다. 우리는 친구의 용감함을 칭찬했지만, 이를 본 남자 선생은 그를 교무실로 불러서 여자애가 겁도 없이 그런 짓을 하냐고 혼을 냈다. 수학 담당이던 또 다른 남자 선생은 수업 중 칠판에 브래지어를 그리더니 각자의 사이즈를 이야기해보라고 했다. 그가 그 얘기를 하면서 땀을 무척 많이 흘렸던 게 기억난다. 아이들의 대답을 들은 선생은 "그럼 네 사이즈는 이 정도 되냐"면서 다른 크기의 브래지어를 칠판에 하나 더 그렸다. 역시나 남자였던 학생주임은 운동장 한가운데서 한 학생이 입고 있던 치마를 가위질해 찢어놓았다. 복장이 마음에 들지 않는다는 이유로. 그 학생은 친구에게 빌린 체육복 바지를 입고 하교해야만 했다.

내가 다녔던 여중은 같은 재단의 여고와 붙어 있었는데, 그 때문인지 하교 시간이면 학교 앞은 근처 남고 학생들로 북적였다. 그들 대부분은 오토바이를 탄 채 누군가를 기다리거나 자기들끼리 속닥거리며 알 수 없는 작전을 펼치고 있었다. 방학이 끝나면 그 여고 학생 중 꼭 한두 명은 임신을 해서 학교를 그만두었다. 자기가 한 일에 책임지는 남학생은 단 한 명도 없었다. 우리는 그저 어떤 언니가 임신을 했는데 남자친구가 잠적했다, 자기 애기 아니라고 우기다가 연락을 끊었다, 나이 많은 오빠랑 사귀었는데 임신이라고 하니 군대로 도망갔다 등등 가지각색의 이유로 같은 결말을 맞은 비극을 뜬소문처럼 들었다.

여고에 입학했다. 생리통이 너무 심했던 친구가 야간자율학습 조퇴를 허락받기 위해 교무실로 찾아 갔다. 이름은 야간'자율'학습인데 참여하지 않으려면 꼭 조퇴 허락을 받아야만 하는 게 이상했다. 선생은 울먹거리던 친구에게 "네가 지금 생리 중인지 아닌지 어떻게 아냐"며, "팬티를 벗어서 생리대를 보여달라"고 했다. 결국 그 친구는 집에 가지 못하고 계속되는 생리통에 식은땀을 흘리면서 야자가 끝나는 밤 10시까지 책상에 엎드려 있어야 했다. 고2 겨울방학이 되자 우리는 슬슬 지원할 대학교를 알아보기 시작했다. 선생들은 입을 모아 여대에 가는 여자는 기가 세다고, 형편없는 짓이라고 얘기하며 지원을 말렸다. 여중 여고도 모자라 여대까지 가는 건 인생의 실패자인 양 떠들어댔다. 그렇게 숨 쉬듯 혐오를 세뇌당하며 자랐다. 공부를 잘하는 친구들은 서울 소재 대학에 지원하는 대신 집 근처 국립대로 갔다. 오빠나 남동생이 서울에 있는 대학에 다니거나 갈 예정이어서 경제적 지원을 해주기 힘들다는 게 주된 이유였다. 친구들의 가족 구성은 대체로 비슷했다. 삼남매 이상 되는 집은 99퍼센트 확률로 막내가 남자였다. 친구 대부분이 장녀였고, 바로 밑에 남동생이 있거나 여동생 밑에 남동생이 있는 경우가 보통이었다. 막내인 친구들은 95퍼센트의 확률로 오빠가 있었다. 그러니 집에 보탬이 되어야 한다는 이유로, 집 가까운 국립대에 가는 게 효녀가 되는 길이라는 말을 귀에 못이 박이도록 들으며 인생의 수많은 선택지를 박탈당했다. 진학하는 학과도 간호학과나 치위생과처럼 취직이 어느 정도 보장되는 곳이어야만 했다. 당시 서울의 한 여대에 합격한 친구가 있었다. 으악! 여대라니, 그것도 서울에 있는, 게다가 사립이라고? 이기적인 년이라는 생각이 들었다. 기성세대가 심어준 혐오를 양분 삼아 자란 나는 그 혐오를 답습하는 것 말고 할 줄 아는 것이 없었다.

대학에 입학했다. 정해진 수순처럼 집 근처 국립대에 들어갔다. 처음 만난 복학생 남자 선배들은 신입생을 꼬셔보려고 혈안이 되어 있었다. 그들은 남자 후배들과 은밀한 카톡방을 개설해 그렇고 그런 이야기만 떠들어댔다. 그래 놓고 여자애들 앞에서 "카톡방 공개하면 남자애들 다 니가죽어야 한다"고 말하면서 자기들끼리 킬킬댔다. 'N번방'은 어느 날 갑자기 하늘에서 뚝 떨어진 범죄가 결코 아님을 모든 대한민국 여성은 이런 경험을 통해 알고 있다. 엠티를 가서는 남녀가 강제로 손을 잡고 해변을 한 시간 동안 걷는 프로그램에 참여해야만 했는데, 남자 선배들은 각자 미리 점찍어둔 여자 후배에게 조작된 종이쪽지를 나눠주어 자기들과 짝이 되도록 판을 짰다. '단합'이라는 명목으로 열린 체육대회에서는 남자가 여자를 안고 뛰는 종목도 있었다. 나와 짝이 된 남자 동기는 짝사랑하던 여자와 짝이 되지 못한 것에 분통을 터뜨리더니 급기야 뛰던 도중 안고 있던 나를 땅바닥에 내팽개치고 말았다. 나는 그에게 아직도 사과 한마디 받지 못했다.

대학을 휴학하고 경찰공무원 시험을 준비하기 위해 학원에 등록했다. 그곳에서 친한 언니들을 몇 명 사귀었다. 대부분 이십대 후반이던 언니들은 하나같이 죄책감에 절어 있었다. 이 나이가 되도록 직장을 잡지 못했다는 족쇄가 관절마다 채워져 있었는데, 그토록 무거워진 몸으로는 장기전인 시험 공부를 온전히 버텨낼 재간이 없었다. 반면 남자들은 달랐다. 공부한 지 3년 넘은 장수생이 수두룩했지만 누구 하나 조급해하지 않았고, 쉬는 시간만 되면 옥상으로 우르르 몰려가 담배를 피웠다. 마치 직업이 수험생이라는 듯 그 자체를 즐겼고, 외모가 예쁜 학생이 들어오면 어느 복학생 선배처럼 자기들만 아는 이야기를 하며 킬킬거렸다. 5년이 걸리든 7년이 걸리든 그들은 부모의 지원을 받으며 끝끝내 최종 합격의 영광을 안았고, 가족의 도움이 끊겨 혼자가 된채 학원을 떠난 언니들이 어디서 뭘 하는지 아는 사람은 아무도 없었다.

참 많은 언니가 잠시 학원에 머무르다 떠났다. 몸이 비쩍 말라서 종이인형 같던 한 언니는 언제까지 공부할 수 있을지 모르겠다는 말을 반찬 삼아 식은밥을 삼켰다. 결국 언니는 6개월을 넘기지 못했다. 집에서 돈 낭비 그만하고 시집이나 가라며 윽박을 질렀다고 했다. 6개월 만에 합격할 수 있는 시험이라면 얼마나 좋았을까. 당시 내가 응시한 경상남도는 여경 선발 인원이 남경의 5분의 1도 되지 않았다. 나고 자란 시골 마을을 떠나 공부를 하기 위해 학원 근처에서 자취를 하던 다른 언니도 1년을 넘기지 못하고 되돌아갔다. 부모님이 지원을 끊었기 때문이나. 언니가 다시 그곳으로 돌아긴들 할 수 있는 일이 뭐가 있을까. 아득해졌다. 학원 근처 고시원에 혼자 살던 언니도 있었다. 언니는 늘 웃고 다녔지만, 눈가어디쯤 서글픔 같은 게 달려 있어서 웃는 건지 우는 건지 구별이 잘 되지 않았다. 당시 과일 소주가 전국적으로 유행했는데, 우리는 각자 먹고 싶은 과일 소주 한 병씩을 사서 언니의 고시원 방에 쭈그려 앉아 안주도 없이 마셨다. 고작 손바닥만 한 창 하나 달려 있다고 10만 원이 더 비싼 좁아터진 방. 그나마 있는 창도 제 기능을 하지 못해서 방은 늘 눅눅했다. 모든 것이 이 방 안에 들어오면 습기를 가득 끌어안은 것처럼 축 쳐졌다. 침대라고 부르기도 민망한 낡은 매트리스 위에서 내가 자고, 언니는 바닥에서 잠을 잤다. 강소주 한 병씩을 마신 상태였지만 둘 다 쉽사리 잠들지 못했다. 나는 언니가 밤새 이리저리 뒤척이는 소리를 들으며 뜬눈으로 긴긴 밤을 보냈다.

필기시험 발표 전날, 불안감을 이기지 못하고 언니 셋과 함께 학원 옆 포장마차에 모였던 순간이 지금도 또렷하다. 고갈비 안주 하나에 소주 세 병을 앞에 둔 채 좁은 자리를 비집고 둘러 앉았던 모습. 그때 내 나이 스물셋, 가장 나이 많은 언니는 스물여덟이었다. 전혀 늦은 나이가 아닌데도 우리는 조만간 죽을 것처럼 굴었다. 긴 수험 생활은 객관적인 시야를 가려버린다. 7년째 공부 중인 스물여덟 살 언니가 웃으면서 말했다. "나는 이번 시험에 떨어지면 정말 그만두려고." 다음 날 아침, 결과가 나왔다. 포장마차 멤버 중 나 혼자 합격. 언니들은 막내의 합격을 축하해줬지만 말하지 않아도 알 수 있었다. 이 인사를 마지막으로 우리 넷이 한자리에 모이는 일은 두 번 다시 없을 거라는 걸. 그렇게 나는 언니들을 지나쳤다. 그로부터 몇 년이 흘러 동네 도서관에서 포장마차 멤버 중 맏이였던 언니를 우연히 다시 보았다. 언니는 도서관 벤치에 홀로 앉아 음악을 듣고 있었다. 공무원 시험은 준비 기간이 길어질수록 합격 말고는 대안이 없어진다. 스펙을 쌓지도, 그렇다고 변변한 인턴 경험도 하지 못한 채 점점 고립되다 결국 시험 합격만이 유일한 해답이 되는 경우가 많기 때문이다. 언니도 마찬가지였다. CAD 자격증을 배운다거나, 어느 회사에 경리로 취직했다거나 하는 소식은 건너 건너 들었지만 별다른 도리 없이 제자리로 돌아온 듯했다. 언니의 옷차림은 포장마차에서 고갈비에 소주잔을 기울이던 그때 그대로였다. 나는 차마 인사를 건네지 못하고 몇 년 전 그랬던 것처럼 또다시 언니를 지나쳐버렸다. 어쩌면 언니도 나를 봤을지 모르겠다. 하지만 끝내 나를 부르는 소리는 들리지 않았다.

경찰공무원 시험에 최종 합격해 중앙경찰학교

에 들어갔다. 1990년생이던 동기 언니들은 자라는 내내 '백말띠라 재수가 없고 기가 센 여자애'라는 말을 들었다고 했다. 그해 여아 낙태율이 최고점을 찍었다는 사실을 그때 알았다. 재수 없고 기가 센 여자애들이 어른이 된 지금, 사회는 그들을 향해 '출산율의 희망'이라 일컫는다. 2019년 11월 30일 『중앙일보』에 실린 '세계 유일 0명대 출산율 참사… 시작은 80년대 초음파 검진'이라는 제목의 기사에는 이런 대목이 나온다.

"현재 20~30대 여성이 태어난 1980~90년대 출생아 통계를 보면 실마리가 보인다. 인구학에서는 여아 100명 당 105~107명의 남아가 태어나는 것을 자연성비(자연적인 상태에서의 성비)로 본다. 1980년대 초반 출생아의 성비는 자연성비에 가깝다. 그러다가 1984년(108.3)부터 이상 징후가 눈에 띈다. 성비는 꾸준히 올라간다. 유독 남아가 많이 태어나는 기현상이 계속 이어진다. 1990년 출생아의 성비는 남아가 116.5로 인구 총조사를 시작한 1970년 이후 역대 최고치를 기록한다. 이때 성비 불균형은 경북(130.7), 대구(129.7), 경남(124.7) 등 영남 지역에서 더 심했다. 셋째 이상인 출생아의 성비는 193.7까지 뛰었다. 여아가 100명 태어날 때 남아가 두 배 가까운 194명이 태어났다는 의미다."

친구들의 가족 구성 형태가 대부분 비슷했던 건 결코 우연이 아니었다.

직장에 들어갔다. 나를 처음 본 중년 남성은 삼 남매 중 막내라는 나에게 "그러면 너희 집은 딸도 있고 아들도 있는데, 부모가 왜 너를 낙태 안 했냐? 딸을 왜 또 낳아?"라며 혼자 고민에 빠졌다. 그의 직업은 장학사였다. 그런 사람이 장학사랍시고 학교를 돌아다니며 으스댈 걸 생각하니, 그로 인해 학교 대청소에 동원될 죄 없는 학생들을 떠올리니 피가 거꾸로 솟았다. 새로 발령받아 온 어느 상관은 전 직원이 모인 자리에서 "요즘은 여경도 형사팀에 들어가던데, 남자들 끼리 없이서 불쌍해 어떡해. 여자들이 왜 형사팀에 들어와?"라며 진심으로 안타까워했다. 내가 있던 경찰서는 창립 이래 형사팀에 여경을 발령 낸 적이 단 한 번도 없었다.

2016년, 강남역에서 살인사건이 일어났다. 남

자 여섯 명이 들락거릴 동안 조용히 숨어 있던 살인자는 여자가 들어오자마자 거침없이 범행을 저질렀다. 익명의 한 여성은 강남역 10번 출구에서 열린 추모 운동에서 "운이 좋아 살아남았다"고 썼다. 그렇다. 나뿐만 아니라 한국에서 사는 모든 여성은 운이 좋아 살아남은 것이다. 운 좋게 내 부모는 나를 낙태하지 않았고, 운 좋게 임신 때문에 학업이 가로막히지도 않았고, 운 좋게 범죄의 표적이 되지 않았거나 표적이 되었어도 목숨만은 겨우 부지했다. 내가 잘나서, 지금껏 성실하게 노력해서 일구어낸 생이 아니라, 단지 운이 좋았을 뿐이다.

경찰관으로 일하면서 많은 여성 피해자를 만났다. 폭력을 당하는 여성, 스토킹을 당하는 여성, 불법 촬영을 당하는 여성, 당하고 당하다 결국 죽임까지 당하는 여성. 여기서 말하는 여성은 신생아부터 고령의 노인까지 모두 해당된다. 이들은 그저 운이 없었던 걸까. 운 없는 사람이 얼마나 더 나타나야 세상이 바뀔까. 바닷가에서는 하루가 멀다 하고 여성의 시신이 떠오른다. 운 없는 '사람'이 아닌 운 없는 '여자'가 아무리 많이 나타난다고 한들 세상은 꿈쩍도 하지 않는다. 나는 아직도 대낮에 역 광장 한가운데서 건강상 이유로 실신한 여성 주위를 둘러싼 채 강간할 기회만 호시탐탐 엿보고 있던 십수 명의 남자 노숙인을 잊지 못한다. 기어코 그들 중 하나가 애인인 척하며 그녀를 어디론가 데리고 가려다 출동한 경찰에게 붙잡혔다. 이 언니는 그날 운이 좋은 편이었나보다. 하지만 끝까지 좋진 못했다. 남자 노숙인은 아무런 법적 제재도 받지 않고 훈방 조치되었기 때문이다. 운이 한풀 꺾인 여성에게 그 뒤로 어떤 일이 일어날까. 참혹한 기분을 떨칠 수 없다.

운이 억세게 나빠 대한민국 경상도에서 여성으로 태어난 나의 유일한 행운은 주위에 또 다른 여성들이 있다는 사실이다. 회사에서 겪은 모욕적인 순간이 오래된 창고 속 먼지처럼 켜켜이 쌓여 콜록거리던 시절이 있었다. 재채기와 기침을 연거푸 반복하며 눈물이 찔끔 고였던 그때, 내가 근무하던 경찰서에는 삼십대 여성 과장님이 있었나(일선 경찰서 과장은 경찰서장 바로 아래 지위이다). 서울에서는 평범한 일일지 몰라도 지방에서는 상당히 파격적인 인사다. 지푸라기라도 잡는 심정으로 그분과 면담을 하고 싶었다. 여직원들만 모아놓고 성범죄 예방 교육을 할 때, 왜 늘 피해자인 여성에게만 이런 교육을 실시하는지 그 저의를 알 수 없다며 이의를 제기한 분이었기 때문이다. 남몰래 잡은 면담 날. 나를 맞아주던 과장님 앞에서 40분을 내리 울었다. 일면식도 없는 사이였는데 얼마나 당황스러웠을까. 과장님은 나를 달래지 않았다. 그저 실컷 울라며 휴지를 잔뜩 가져다주었고, 나는 앞에 놓인 휴지를 다 쓴 뒤에야 입을 열 수 있었다. 과장님은 내 이야기를 찬찬히 듣더니, 혹시 피해를 공론화하고 싶다면 자기가 가진 모든 힘을 동원해서 도와주겠노라 약속했다. 어느 봄날 마라톤 대회의 교통 정리에 동원되었을 때, 지나가던 중년 남성이 투 블록 헤어스타일을 한 내게 남자인지 여자인지 집요하게 묻기 시작했다. 그는 길에서 공무 집행 중인 경찰관의 성별이 왜 그렇게 궁금했을까. 상종할 가치도 없는 일이었지만, 혹여 민원이라도 넣을까 싶어 아무 말 못 하고 있는데 여경 선배가 다가오더니 적당히 정중한 말로 그 남성을 물리쳤다. 나와는 시적인 자리 한 번 가져본 적 없는 사이였지만, 그는 곤경에 빠진 나를 지나치지 않았다. 굳이 가던 길을 유턴하여 나에게 와준 것이다. 구멍이 숭숭 난 스펀지처럼 균열 많은 내 인생에, 그렇게 언니들은 말없이 다가와 그 틈을 메워주었다. 나는 수많은 언니에게 목숨을 빚졌다. 진작 무너졌을 모래성 같은 생이 지금껏 유지된 것은 오롯이 언니들 덕분이다. 필사적인 용기를 내어준 여성들 덕분이다. 그리고 그게 내가 가진 유일한 운이다. 아주 운수대통이다.

이 나라는 아직까지 여성에게 일어난 모든 일을 운으로 치부한다. 남자를 잘못 만나서, 하필 그 길을 지나서, 왜 그 옷을 입어서. 여성들이 피해 입을 수밖에 없는 구조를 치밀하게 짜놓고도 피해 여성 개인의 운이나 노력만을 물고 늘어진다. 그렇다면 나는 이에 대항하여 모든 여성이 억세게 운이 좋기를 바란다. 사회가 운을 따진다면, 여성들의 운이 겁나게 좋으면 해결될 일이다. 여성이라는 단 하나의 이유로 스러진 생명이 수도 없다. 그러니 이젠 여성이라는 단 하나의 이유로 잘 먹고 잘 살며 운까지 좋을 차례가 아닌가. 지금껏 남성들은 운이 너무 좋았다. 자신에게 삼정이입하여 처벌이 되지 않도록 힘써줬던 사법기관 구성원을 만났고, 무조건적으로 관대한 각종 인사계 직원들이 있었으며, 무슨 일이든 남자에게 마이크를 넘겨주고 유리한 고지를 선점해주는 그들만의 카르텔은 철옹성보다 단단했다. 이제는 여성들이 운 좋을 차례다. 여성들의 운수 좋은 사회를 위해 나 또한 진심으로 노력할 것이다. 나를 억세게 운 좋은 동생으로 만들어준 언니들의 노력과 희생을 떠올리면서. 어디선가 홀로 울고 있을지 모를 동생들을 위해서라도.

완전히 돌아버려야만 똑바로 설 수 있는 팽이와 같은 세상에서 성실과 진심의 가치 따위, 씨알도 안 먹힐지 모른다. 이렇게 살아질 바엔 그냥 사라지는 게 낫다는 생각이 치밀어 오를지도 모른다. 그럼에도 우리, 쓰러지지 말자. 우리가 맞잡은 손이 끝없이 이어져 언젠가는 기쁨의 원을 그릴 수 있도록 서로가 서로의 운이 되어주자. 세상이 심어준 혐오와 수치 대신 서로의 용기를 양분 삼아 앞으로 나아갈 우리는 설렁탕을 먹지 않아도 충분히 운수 좋은 날을 맞이할 것이다.

나를 만든 세계, 내가 만든 세계
'아무튼'은 나에게 기쁨이자 즐거움이 되는,
생각만 해도 좋은 한 가지를 담은 에세이 시리즈입니다.
위고, **제철소**, **코난북스**, 세 출판사가 함께 펴냅니다.

아무튼, 언니

초판 1쇄 2020년 7월 20일
초판 6쇄 2023년 12월 1일

지은이 원도
펴낸이 김태형
디자인 일구공 스튜디오
제작 세걸음

펴낸곳 제철소
출판등록 제2014-000058호
전화 070-7717-1924
팩스 0303-3444-3469

right_season@naver.com
instagram.com/from.rightseason

ⓒ원도, 2020

ISBN 979-11-88343-32-4 02810

이 책 내용의 일부 또는 전부를 재사용하려면 반드시 저작권자와 출판사
양측의 동의를 받아야 합니다.